KB062430

로크미디어가
유혹하는
재미있는 세상

이것이 삶이다

이것이 법이다 48

2018년 10월 25일 초판 1쇄 인쇄
2018년 10월 30일 초판 1쇄 발행

지은이 자카예프
발행인 이종주

기획 팀 이기헌 왕소현 박경무 이승제
책임 편집 최전경

발행처 (주)로크미디어
출판등록 2003년 3월 24일
주소 서울시 마포구 성암로 330 DMC첨단산업센터 3층 318호, 319호
Tel (02)3273-5135 **Fax** (02)3273-5134
홈페이지 rokmedia.com **E-mail** rokmedia@empas.com

ⓒ 자카예프, 2015

값 8,000원

ISBN 979-11-294-0831-0 (48권)
ISBN 979-11-255-9575-5 04810 (세트)

이 책의 모든 내용에 대한 편집권은 저자와의 계약에 의해
(주)로크미디어에 있으므로 무단 복제, 수정, 배포 행위를 금합니다.

작가와의 협의에 의해 인지는 생략합니다.
잘못된 책은 구입처에서 바꾸어 드립니다.

이것이 법이다

48

자카예프 장편소설

로크미디어

이 소설은 픽션입니다.
등장하는 인물 및 지명 등은 현실와 연관이 없습니다.
또한 소설 내에 나오는 법이나 법리 해석의 경우에도 대
중문학의 극적 전개를 위하여 일부분 과장되거나 변형된
것이 존재하니 실제 법과 혼동하지 않으시길 바랍니다.

CONTENTS

얼어붙은 시간

"몇 년요?"

노형진은 자신의 의뢰인을 보면서 약간은 곤혹스러운 눈빛이 되었다.

가끔 어려운 사건이 오기는 하지만 이렇게 오래된 사건은 아무리 그라고 해도 상당히 힘들기 때문이다.

"20년입니다."

30대의 남자는 약간은 포기한 듯한 눈빛으로 말했다.

이성적으로는 포기하지만 내면에서는 차마 포기할 수 없는 그런 사건을 맡기는 듯한 느낌.

"상당히 오래되었네요?"

"방법이 없었으니까요."

그는 한숨을 쉬었다.

"아버지가 돌아가시고 아버지의 누명을 벗기기 위해서 노력했습니다만 아무것도 없었습니다. 집안은 망했고 하루하루 먹고살기도 힘들었죠."

"장혁우 씨가 고생이 많으셨겠네요."

"저보다 어머니가 더 고생이 많으셨지요."

장혁우의 아버지는 경찰이었다. 그런데 20년 전 자살했다.

사실 경찰의 자살은 자주 일어나는 편인지라 그게 이상한 건 아니다.

문제는 그 당시 장혁우의 아버지인 장만수는 폭력 조직을 수사하는 중이었다는 것.

"그건 어떻게 알게 된 겁니까?"

"그 당시 함께 팀을 이뤘던 파트너분이 계셨습니다."

"그런데요?"

"그분이 말씀해 주셨지요."

그 당시 그의 아버지는 파트너와 함께 폭력 조직을 조사하고 있었다. 그런데 경찰과 그들이 밀접한 관계가 있다는 사실을 알아차리고 그들의 뒤를 캐려고 했다는 것.

"그런데 갑자기 자살하셨다라……."

"네."

"흠……."

노형진은 턱을 쓰다듬었다.

그 이후에 벌어진 일은 이미 알고 있었으니까 말하지 않아도 되었다.

'갑자기 그 내통한 경찰이 아버지인 장만수에게 뒤집어씌웠단 말이지.'

장만수가 자살로 처리되면서 가족들은 그동안 들어 둔 사망보험금도 받지 못했다.

그런데 중요한 것은 장만수가 모든 죄를 뒤집어쓰는 바람에 그가 받아야 할 연금이나 기타 보상금, 심지어 위로금조차 한 푼도 나오지 않았다는 것.

결과적으로 남은 가족들은 말 그대로 나락으로 떨어져야 했다.

"파트너분은요?"

"그분은 계속해서 수사했습니다."

무려 5년이나 함께 파트너로서 수사한 동료는 그가 폭력 조직과 결탁한 것은 말도 안 된다고 주장하면서 계속 사건을 파고들었다.

그리고 장혁우에게 너희 아버지는 그런 사람이 아니라며 몇 번이고 말해 줬다.

"그러다가 2년 후에 돌아가셨습니다."

"돌아가셔요?"

"네."

"사고인가요?"

"모르겠습니다."

"모르겠다니요?"

"자살하셨다고 하더군요."

노형진의 눈이 절로 찡그러졌다.

두 파트너가 동시에 자살할 가능성이 얼마나 되겠는가? 더군다나 비리를 캐던 중에 말이다.

'냄새가 너무 심하게 나잖아?'

미국 드라마에서 많이 나오는 상황이다. 그리고 실제로도 몇 번이나 일어난 일이다.

이런 경우는 대부분 내부에 진짜 배신자가 있기 마련이다.

"경찰에 몇 번이나 재수사를 요청했지만……."

"해 줄 리 없지요."

경찰은 어지간해서는 재수사를 해 주지 않는다.

해 줄 수가 없다.

재수사를 요청하는 사람들의 숫자는 어마어마한 데 반해 경찰의 숫자는 정해져 있으니까.

더군다나 이런 경우라면 내부에 분명히 누군가 있을 수밖에 없는 상황이다. 그들이 재수사하도록 그냥 둘 리 없다.

"아버지가 무죄라고 확신하십니까?"

"전 확신합니다. 상식적으로 폭력 조직과 손잡은 사람이 그들을 조사할 리 없지 않습니까?"

"그건 그렇지요."

더군다나 폭력 조직은 어지간하면 경찰을 건드리지 않는다. 잘못 건드리면 말 그대로 경찰이 발본색원을 하기 때문이다.

실제로 몇몇 조직들이 경찰을 협박하거나 위해를 가한 적이 있는데, 그 결과 자신들뿐만 아니라 가족들까지 모조리 털려 버렸다.

경찰은 안전을 위해서라도 자신들을 건드린 폭력 조직을 가만두지 않는다.

그렇다 보니 경찰을 협박하는 정도는 흔하게 벌어져도 직접적으로 손을 대는 경우는 극히 드물 수밖에 없다.

'결국 뭔가를 감춰야 한다는 뜻인데.'

그렇다면 두 가지 가능성이 성립한다.

첫 번째는 상대방을 죽이는 한이 있다고 하더라도 감춰야 하는 뭔가가 있다는 것.

두 번째는 그를 죽여도 내부에서 무마시킬 수 있다는 걸 확신했다는 것.

'어쩌면 두 개 다일 수도 있지.'

물론 장만수가 타락한 경찰이라면 일은 쉬워진다.

'하지만……'

노형진은 경험상 일이 쉽다는 게 일이 바르게 된 걸 뜻하지 않는다는 것을 잘 알고 있었다.

특히나 범죄에 관련된 일은 더욱 그렇다.

상대방은 잡혀가지 않으려고 발악하기 마련이다. 그런데 일이 쉽다?

　그건 일이 잘못되어도 한참 잘못되었다는 뜻이다.

　"그래서 저희를 찾아오신 건가요?"

　"네. 듣기로는 이런 사건을 해결해 주는 분은 여러분밖에 없다고 하더군요."

　장혁우는 이를 악물고 공부했다.

　아버지의 누명을 벗기기 위해서, 그리고 진짜 살인범을 잡기 위해서.

　그 결과, 어린 나이에 유명한 외국계 기업에 취직할 수 있었고 현재는 펀드매니저로서 적지 않은 돈을 벌 수 있었다. 그리고 그 돈으로 의뢰를 맡기려고 하는 것이다.

　"경찰이나 검찰에 아무리 이야기해 봐도 소용이 없더군요. 그렇다고 제가 조사하기에는 방법도 없고요."

　"다른 곳에 맡겨는 보셨습니까?"

　"다른 곳은 방법이 없다고 했습니다."

　"그렇겠지요."

　기본적으로 변호사라는 직업은 변론을 하고 상대방에게 법률적인 서비스를 하는 직종이지, 사건을 수사하고 그 사건을 해결하기 위해서 조사하는 직종이 아니다.

　"자체적인 조사 시스템을 가지고 있는 것은 저희 새론이 유일하지요."

"그렇다고 들었습니다."

장혁우는 고개를 끄덕거렸다.

성공하고 난 후에 여기저기 알아봤지만 맡길 수 있는 곳은 새론뿐이었다.

"솔직히 말씀드려서 의심이 가는 정황은 맞습니다만, 가능성은 희박합니다."

노형진은 사실대로 말하기로 했다.

"무려 20년 전 사건입니다. 당사자가 죽었고 동료까지 죽은 상황이라 더 이상 증거가 없을 수도 있습니다."

"알고 있습니다."

"돈만 날리는 것이 될 수도 있습니다."

"그것도 알고 있습니다."

노형진의 말에 장혁우는 고개를 끄덕거렸다.

"그렇다고 해도 저는 꼭 해 보고 싶습니다. 최소한 어머니에게 시도는 해 보았다고 말씀드리고 싶습니다."

"그렇게 말씀하신다면야……."

일부 질이 좋지 않은 변호사들은 이런 사건을 맡아 돈만 챙기고 제대로 하지 않는다.

그렇기 때문에 노형진은 원하는 결과가 나오지 않을 가능성이 있다는 것을 미리 확실하게 말해 둔 것이다.

"가능성이 희박하기는 하지만 아무래도 조사해 볼 가치는 있을 것 같네요."

장혁우의 얼굴이 환해졌다.

혹시나 하는 생각이었는데 드디어 사건을 맡아 줄 변호사를 찾은 것이다.

"감사합니다. 감사합니다."

"감사는 일단 사건이 해결되면 하세요. 이 사건을 어떻게 해결할지 아직 방법이 나온 것도 아니니까요."

20년 전의 사건이라는 것에 노형진은 머리가 지끈거리는 느낌이었다.

⚖

"범아태파에 대해서 아세요?"

노형진이 일단 가장 먼저 시작한 것은 그 당시 장만수가 수사하던 조직에 대해서 조사하는 것이었다.

"범아태파?"

"네."

"폭력 조직?"

"네."

그리고 그걸 가장 잘 알 만한 사람은 다름 아닌 김성식 변호사다.

20년 전이면 그가 한창 검사로 활동할 때인 데다 장현우의 말에 따르면 작지 않은 규모의 조직이라고 했으니까.

"범아태파…… 범아태파……. 기억이 잘…….."

"정확하게 이름이 '범아시아 태평양파'라고 하던데."

"아, 아태파! 뭐, 자기들끼리 범 어쩌고 하는 거지, 우리는 그냥 아태파라고 불렀다네."

"아시나요?"

"알지. 상당히 골치 아픈 녀석들이었으니까."

"과거형?"

"그래, 과거형."

아시아 태평양파, 줄여서 아태파는 한국에 마지막까지 남아 있던 전국구급 폭력 조직이었다.

전국구급이라는 것은 말 그대로 도 하나 이상에 걸친 규모를 자랑한다는 뜻이기에, 그 녀석들이 어쭙잖은 폭력 조직과는 비교도 안 될 만큼 세력이 강한 것은 당연한 일이었다.

"제일 세력이 강할 때 조직원만 5천이 넘었으니까."

"어마어마하군요."

"그래. 경기도와 강원도, 충청도 이쪽 지역에 선을 가진 작자들이었어."

"그런데 과거형으로 말씀하시는 걸 보니 와해되었나 봐요."

"뭐, 와해라면 와해고…….."

김성식은 약간은 머쓱하게 머리를 긁었다.

"네? 그게 무슨 말씀이신지?"

"그 새끼들, 폭력 조직인 주제에 머리는 더럽게 좋았거든."

"머리는 좋았다고요?"

"그래, 와해되었다면 좋겠지만 양성화에 성공한, 흔하지 않은 녀석들이야."

"양성화요?"

"그래. 흔한 일은 아니지."

어둠의 세계에 있는 조직들은 양성화, 즉 정상적인 기업의 형태를 취하기를 원한다.

하지만 양성화에 성공하기 위해서는 머리가 좋아야 하는 데다 그 과정에서 기존 기업들과 싸워야 하다 보니 대부분은 실패할 수밖에 없었다.

"그러면 지금은 나이트 같은 걸로 연명하는 건가요?"

가장 흔하게 양성화하는 길이 나이트나 주점이다. 노형진도 그렇게 생각해서 물었던 것이다.

그러나 그들의 양성화는 생각보다 높은 수준이었다.

"아니."

"네?"

"지금은 팔각수라는 이름을 가지고 있지."

"팔각수? 잠깐만, 그 팔각수요?"

"그래."

"허!"

"내가 말했잖나, 양성화에 성공한 흔하지 않은 사례라고."

팔각수는 한국의 기업이다.

물론 대룡이나 성화와 비교할 정도의 규모는 아니지만 건설 회사로 시작해서 크게 성공해 중견 기업으로, 상당한 규모를 자랑하고 있으며 대통령 훈장까지 받았다.

"그곳이 폭력 조직인 아태파 출신이라고요?"

"출신이라고 하는 것도 좀 그렇지. 애초에 팔각수의 지휘부는 다 그 조직 출신이니까."

"으음……."

노형진은 생각지도 못한 말에 눈이 찡그러졌다. 보통은 그런 게 상당히 힘들다.

"반발이 심했을 텐데요?"

일반적으로 이런 식으로 성장하기 위해서는 외부에서 머리 좋은 놈들을 들여와야 한다.

그런데 그렇게 하면 대부분의 경우 기존에 있던 놈들의 서열이 밀리는 현상이 발생한다. 서열이 높아야 제대로 양성화되기 때문이다.

그래서 내부적으로 반발이 일어나고, 결국 권력을 잃어버린 작자들이 소위 말하는 쿠데타를 일으키면서 양성화가 실패하는 게 보통이다.

"말했잖아, 아태파 녀석들 머리가 좋다고."

그 당시 아태파의 보스였던 한구호는 높은 서열을 주는 게 아니라 아예 따로 팀을 짜는 형식으로 이 문제를 해결했다.

그들이 의견을 낼 수는 있지만 그걸 받아들이는 것은 조직원이 결정한다는 것이다.

"눈 가리고 아웅이군요."

"그렇지."

그들이 낸 의견을 다른 조직원들이 거부할 리 없다.

머리가 부족하니 이해를 못 해서 반대조차도 못 하는 것이다.

하지만 어찌 되었건 서열은 유지되었기에, 그들은 수익이 늘어날수록 보스였던 한구호에게 충성을 바쳤다.

"지금도 그 형태는 유지되고 있지."

"미래 분석실 말이군요."

"그래."

팔각수의 미래 분석실.

기업의 미래를 결정하는 곳으로, 많은 전략이 그곳에서 나오고 있다고 했다.

"그 당시에 한구호는 그 시스템을 만들려고 적지 않은 돈을 썼지."

"흠……."

다들 불만을 가졌지만 그 덕분에 양성화에 성공한 아태파는 팔각수로 기사회생했다.

물론 무력도 포기한 건 아니다.

원한다면 그들은 가차 없이 주먹을 휘두른다.

좋은 머리와 뛰어난 주먹이 만나자 그들이 성공하는 것은 당연한 일이나 마찬가지였다.

"지금도 그러나요?"

"지금은 덜하기는 하지. 하지만 뭐, 근본이 어디 가는 건 아니니까."

어깨를 으쓱하는 김성식.

"우리나라 기업 중에서 폭력 조직 안 쓰는 기업이 있기는 한가?"

"하긴."

기업들이 폭력 조직, 속칭 용역을 쓰는 것은 흔하게 벌어지는 일이다.

공식적으로 자기들은 관련이 없다고 하지만 공식적 의견은 공식적 의견일 뿐이다. 그리고 불법을 공식적으로 인정하는 놈들은 없다.

"폭력 조직이 끼어드는 경우는 흔해."

반대되는 증언을 하는 증인에 대한 폭행이나 보복, 또는 처리해야 하는 사람들에 대한 공격이 그 대표적인 예다.

"하지만 전 그다지 공격받은 기억이 없는데요."

"자네야 워낙 유명인 아닌가?"

"그렇기는 하지요."

"하지만 그렇지 않은 경우야, 뭐. 특히나 건설 쪽은 더더욱 그래."

"하긴."

노형진은 대룡을 생각하고는 고개를 끄덕거렸다.

대룡도 한때는 용역을 썼다. 하지만 노형진은 그게 좋은 방식이 아니라며 설득했고, 지금은 용역 대신에 다른 방식으로 나가게 한다.

결과적으로 용역이나 지금 방식이나 들어가는 돈은 비슷하다. 다만 편하게 하느냐, 아니면 좀 불편하냐의 차이일 뿐.

"건설이라……."

폭력 조직인 그들로서는 건설업에 진출하는 것이 최적이었을 것이다. 원주민들을 폭행해서 쫓아내고 그곳에 재건축을 하는 건 쉬운 일이니까.

그리고 시기적으로 어마어마한 돈이 재개발이나 재건축으로 흘러갈 때이니 돈을 어마어마하게 벌 수 있었을 것이다.

"흠……."

"그 당시에 유명한 사건이 있지."

"유명한 사건이라면?"

"월당동 화재 사건."

"월당동?"

"자네는 모르겠군."

지방에 있던 월당이라는 곳은 대표적인 빈민가 중 하나였다.

소위 말하는 쪽방촌이고, 가난한 사람들이 모여 사는 곳이었다. 즉, 달동네.

그나마 서울 쪽 달동네는 서울이라고 상대적으로 비싸다.

하지만 지방에 속한 월당동은 그게 아니었다. 서울, 경기

쪽에 들어오지도 못하는 가난한 사람들의 집이었다.

"그곳에서 화재가 난 적이 있지."

"그래요?"

"그래. 자네도 달동네가 왜 돈이 되는지 알지?"

"알죠."

과거에는 달동네라고 하면 가난의 상징이었다.

그럴 수밖에 없는 게, 올라가기 힘든 산 위에 있어서 진짜 가난한 사람만 살았기 때문이다.

하지만 세상이 발전하면서 상황이 바뀌었다.

한 가구당 차량 한 대를 넘어서 차량을 두 대씩 가지고 있는 시대인 데다가, 과거보다 엔진이 발달하면서 과거에는 산에 올라가지 못하던 대형 버스들이 거기까지 다닐 수 있게 되자 높은 게 문제가 되지 않게 된 것이다.

거기에다가 산이라는 특성상 풍광이 탁 트인 풍경 좋은 위치이고 주변이 숲이라 공기도 맑아서 사람들이 선호하기 시작했다.

'거기에다가 공사하는 건설사의 입장에서도 그쪽 동네는 어마어마하게 땅값이 싸서 좋아하거든.'

그래서 지금은 대부분의 달동네가 사라지고 그곳에 아파트가 들어섰다.

"그곳이 그런 곳이었지. 그곳을 재개발하게 된 게 바로 팔각수였어."

"그렇군요."

"그래서 협상하게 되었는데 뭐, 알다시피 거기에 있는 사람들이 나가라 한다고 해도 어디로 가겠는가?"

달동네를 재개발하게 되면 100% 저항에 부딪힌다고 보면 된다.

건물주들이야 좋다고 하겠지만 거기서 살고 있는 사람들은 달리 갈 데가 없기 때문이다.

"그런데 그곳이 재개발되게 되었으니 난리가 났지."

결국 그곳에 살던 사람들은 목숨을 걸고 저지하려고 했다. 어차피 나가 죽어야 한다면 이곳에서 죽겠다고 말이다.

"그리고 그곳에서 화재가 났지."

월당동은 산에 있는 달동네였고 소방차가 접근하기도 힘든 구조였다. 거기에다가 새벽에 불이 나면서 사람들이 대피할 틈도 없었다.

결국 그 화재로 무려 아흔 명의 사망자와 백스무 명의 부상자가 발생했으며, 이재민만 사백 명에 이르는 엄청난 피해가 났다.

"공교롭군요."

"그래."

화재로 인해서 온 동네가 타 버렸으니 그곳에서 살 수 있는 상황이 되지 않았고, 결국 살아남은 사람들은 그곳을 떠날 수밖에 없었다.

"집들이 다닥다닥 붙어 있는 데다가 제대로 소화기 하나 가진 집이 없었으니, 쯧쯧."

"그래도 피해가 너무 큰데요?"

"그래서 말을 꺼낸 거야."

"네?"

"불이 너무 빠르게 퍼졌거든."

아무리 달동네라고 하지만 불이 퍼지는 속도는 상상 이상으로 무서울 지경이었다.

"설마 팔각수가 그 뒤에 있다고 의심하시는 겁니까?"

"그랬지. 그 당시 팔각수가, 아니 그때는 아태파였지. 아무튼 아태파가 양지로 나오느냐 마느냐가 걸려 있는 큰 공사였으니까."

확실히 의심스럽기는 하다. 그 정도로 일이 커진 거라면 말이다.

"그래서 결론은요?"

"혐의 없음으로 나왔다. 그 당시는 겨울이었으니 난방 기구가 사방에 가득했거든. 조사 결과는 쓰러진 난방 기구에서 나온 석유가 비탈길을 타고 내려가면서 불이 번진 걸로 나왔어."

"그래요?"

"그래."

"그런데 제가 왜 몰랐지요?"

"무려 20년 전 사건일세. 알 리 없지. 그리고 그 당시에는 인터넷도 없지 않았나?"

노형진은 순간 움찔했다.

20년 전. 의뢰인의 아버지가 돌아가신 시점이다.

'그러고 보니…….'

의뢰인의 아버지가 어디서 근무했는지 자신은 모른다.

"언론에도 안 나갔나요?"

"단신으로 잠깐 나가긴 했지."

오로지 경제성장만을 외치던 시절이었다. 그래서 가난한 사람들의, 서민들의 희생에는 무감각하던 시절이었다.

그러니 그들의 죽음을 알려 줄 언론은 없었다.

"음…….."

"왜 그러나?"

"아니, 사실은…….."

노형진은 자신이 담당한 사건을 이야기해 줬다.

그 말을 들을수록 김성식의 얼굴이 점점 창백해졌다.

"만일 그 말이 사실이라면 장만수라는 그 사람이 증거를 찾았을 수도 있네."

"그렇겠지요."

그렇다면 이해가 된다.

만일 그 화재가 우연이 아니라 팔각수, 아니 아태파가 저지른 일이라면, 그들은 치명적인 상황에 처하게 된다.

"아마도 팔각수는 망했겠지."

"음……."

그렇다면 죽였을 수도 있다.

"그리고 내부에 결탁한 사람이 있다고 했다고?"

"네."

"그렇다면 그것도 맞네. 자네, 양성화의 첫 번째 조건이 뭐라고 생각하나?"

"뇌물이겠지요."

노형진이 말하자 김성식은 고개를 끄덕거렸다.

"가장 먼저 해야 하는 건 바로 뇌물을 줘서 해당 지역의 사람들을 내 편으로 만드는 거야."

물론 폭력 조직일 때도 뇌물은 들어간다.

그러나 다른 점이 있다면, 그건 그냥 눈감아 달라는 뜻이라면 양성화할 때의 뇌물은 적극적으로 자신을 도와 달라는 뜻이다. 의미가 완전히 다르다.

"어떻게 생각하십니까?"

"상황이 상황인지라……."

김성식은 곰곰이 생각에 빠졌다.

장혁우가 한 말이 사실이라면 장만수는 누군가에게 살해당했을 가능성이 높다. 그리고 경찰 내부에서 그 살해범을 보호했을 테고.

"잠시만."

김성식은 뭔가 생각난 듯 인터넷으로 뭔가를 확인했다. 그리고 한숨을 푹 쉬었다.

"왜 그러십니까?"

"이런 일을 할 때 뇌물의 수준이 어디까지 갈 것 같나?"

"네? 글쎄요. 상당히 높이 가겠지요."

"그렇지. 보통은 서장급까지는 간다네. 최하가 말이지."

"최하가요?"

"그래. 사건을 은폐하려고 한다면 그 정도는 되어야 가능하니까. 그 당시 해당 지역의 경찰서장이 누구였을 것 같나?"

"그건 잘⋯⋯."

"기록에 따르면 그 당시 경찰서장은 김세악이라는 사람이야."

노형진은 왜 김성식이 한숨을 쉬었는지 알아차렸다. 자신도 아는 사람이다.

물론 개인적으로 아는 사람은 아니다. 하지만 업무상 알 수밖에 없는 사람이다.

아니, 법률계에 있으면서 그 사람에 대해서 모르는 이는 드물 것이다.

"그 사람, 현 충북경찰청장 아닙니까?"

"그래, 동일 인물이지."

"최악이군요."

그 당시 사건을 은폐했을 거라 의심되는 사람이 현직 충북 지역 경찰의 총수란다. 당연히 경찰이 수사할 리 없다.

"끄응⋯⋯."

김성식은 고민하는 얼굴이 되었다.

"이건 건드리기가 위험해. 무슨 뜻인지 알지?"

"네."

노형진은 안다는 듯 고개를 끄덕거렸다.

만일 이 사건이 자신들의 예상대로라면 한두 사람만 다치지 않을 것이다.

그 당시 경찰서장이 현 충북경찰청장이라는 건, 그 당시에 그 서장의 위에 있던 작자들 역시 승진했을 거라는 뜻이니 그들이 어느 정도의 위력을 가지고 있을지는 너무나 뻔했다.

"그렇다고 손을 털 수는 없지 않습니까?"

"그렇지."

한두 명도 아니고 무려 아흔 명이 죽은 사건이다.

그 이후에 후유증으로 죽은 사람도 있으니 아마 피해자만 생각한다면 못해도 백 명은 넘을 것이다.

거기에다 엄청난 수의 이재민까지.

"장만수가 왜 살해당했는지 알 것 같군."

김성식은 나지막하게 말했지만 그 말뜻은 간단했다.

너도 죽을지 모른다는 말.

"그렇다면 더욱더 수사해야지요."

"할 수 있겠나?"

"할 수 있겠나가 아니라 해야 하는 상황인 것 같군요."

화면에서 웃고 있는 김세악을 보면서 노형진은 짧게 말했다.

그러자 김성식 역시 고개를 끄덕거렸다.

"그렇다면 내가 도와주지."

"네?"

"이 싸움이 쉽지는 않을 걸세. 내가 적극적으로 나선다고 해도 파워 밸런스가 맞을는지……."

"으음……."

중수부장 출신인 그가 나서면 어지간해서는 거의 모든 일이 해결된다. 그럼에도 불구하고 그조차 확신할 수 없다는 것은…….

"총력전으로 나가야겠군요."

"그래."

어쩌면 새론의 미래가 걸린 일일지도 모른다는 생각에 노형진은 절로 몸이 떨렸다.

⚖

"최종 사망자 백일곱 명. 재산 피해는 그 당시 기준으로 약 47억. 부상자의 치료비는 뺀 숫자야. 사망자 중에서 어른이 여든 명, 애들이 스물한 명 그리고 영아가 여섯 명이야. 신생아가 두 명 포함되어 있고."

손채림은 사건을 조사해 달라는 노형진의 말에 월당동 화재 사건에 대해 최대한 많이 조사해 왔다. 역시 노형진의 예상대로 추가 사망자가 있었다.

"그리고……."

"또 있어?"

"그 사건 이후에 전 재산을 잃어버리고 자살한 사람이 현재까지 조사한 결과 마흔한 명이야."

"……."

말 그대로 숟가락 하나 남지 않은 사람들은 어디로도 갈 수가 없었다.

서울에서 그런 거라면 그 돈으로 지방의 달동네를 얻을 수 있었겠지만, 지방의 달동네는 더 이상 내려갈 지역조차 없었다.

"특히 자녀를 잃어버린 부부들이 많이 자살했어."

"싯팔."

조용히 듣고 있던 무태식의 입에서 절로 욕설이 흘러나왔다.

자신 역시 아이를 키우고 있는 입장에서 그들의 마음이 이해되었기 때문이다.

자기 자식이 불에 타 죽었는데 부모의 마음은 얼마나 더 시커멓게 타겠는가?

"자세한 기록이 있어?"

"아니. 사건 규모에 비해서 이상할 정도로 자료가 없어, 마치 사건 자체를 보지 않으려는 것처럼."

"자료가 없다고?"

"그래."

그녀는 서류철을 꺼내서 노형진에게 건넸다.

몇 장의 사진과 보고서 그리고 의견서였다.

"이게 다야."

"뭐?"

"이게 다라고."

"고작?"

수십 명이 죽고 수백 명이 다쳤으며 수천의 이재민이 발생한 사건이다. 당연히 소방 점검 기록이나 하다못해 조사 기록이라도 남아 있어야 한다.

그런데 그 모든 것이 고작 서류철 하나에 다 들어간다니?

"나머지는?"

"못 찾더라고."

"흠……."

못 찾는다? 그건 말도 안 된다.

모든 기록을 다 남기는 것이 정부다. 물론 20년 전이면 상당히 오래되기는 했지만 그렇다고 이 정도로 기록이 없지는 않다.

"없는 거야, 없어진 거야?"

"없어진 것 같아."

"흠……."

전자든 후자든 문제다.

전자라면 그 당시에 제대로 조사를 안 한 거고, 후자라면 누군가 기록을 몰래 말소했다는 뜻이니까.

"그런데 아무리 봐도 그 당시에 기록이 이 정도밖에 없다
는 건 말도 안 되는 것 같아."

"그렇지?"

그 당시에 현장을 촬영한 사진만 해도 이 정도는 훌쩍 넘
을 수밖에 없다.

피해자가 그렇게 어마어마하게 났는데 사진도 안 찍었을
리는 없으니까.

"누군가가 없앤 거군."

"음……."

그리고 이 서류는 그 와중에 어찌어찌 살아남은 것일 테고.

"서류상에 별 내용은 없어?"

"없어."

손채림은 머리를 흔들었다.

남아 있는 것은 화재 현장을 찍은 사진 몇 장과 분석을 한
보고서뿐이었다.

"참혹하군."

온 동네가 불에 타 버려서 남은 것조차 없는 현장.

극히 초반에 찍었는지, 구급대원이 시신을 옮기는 장면도
배경으로 몇 장 들어 있었다.

"휘발성 물질이 흘러가면서 불을 옮겼다라……."

노형진은 보고서를 보면서 입맛을 다셨다.

"내가 말한 대로지?"

인터넷에서 찾아낸 과거의 사건 기록과 그다지 다를 바 없다.

하긴 그 당시 언론은 그냥 발표하는 것을 옮겨 적는 수준에 지나지 않았으니까. 지금도 마찬가지지만 그때는 더욱 심했다.

"이 당시에 CCTV 같은 게 있었을 리는 없고."

"있어도 기록이 남아 있을 리 없지."

"그렇겠지. 누군가 기록을 없애려고 했다면 가장 먼저 없앴을 테니까."

그렇다고 그 당시 사는 사람들을 찾을 수도 없다.

이미 아파트촌이 되어 버린 지 오래인 데다가 거기에 살던 사람들은 그곳에 들어갈 돈이 없었으니 뿔뿔이 흩어질 수밖에 없었을 것이다.

"사건 기록은?"

"없어."

"없어?"

"응."

"끄응……."

장만수가 팔각수를 추적했다면 그 기록이 있어야 한다.

그런데 없다는 건, 역시나 누군가 그 기록도 삭제했다는 뜻이다.

"완전히 초반부터 틀어막히는군요."

무태식이 걱정스럽게 말했다.

"그래서 더 걱정입니다."

"우리가 총력전 모드인데 무슨 걱정입니까?"

"총력전이라고 해도 상대방이 누가 될지 모르니까요."

새론이 총력전으로 나서는 경우는 드물다. 심지어 성화와 싸울 때조차, 어지간하면 새론은 총력전으로 나서지 않는다.

그런데 이번에는 총력전으로 나가면서도 상당히 걱정스러울 수밖에 없는 상황이다.

"공식적으로 얻을 수 있는 정보는 이게 다인 것 같군."

그러는 사이 김성식은 서류를 검토했다.

검토해 봐야 그다지 나올 만한 게 없으니 그저 한번 살피는 정도가 끝이지만.

"장만수 씨가 남긴 기록은 없다고 하던가요?"

"없다고 하더군요."

안 그래도 장혁우에게 전화해서 해당 기록이 남아 있는지 확인해 봤다. 그러나 장혁우는 머리를 절레절레 흔들었다.

"수첩 하나도?"

"수첩도 없답니다."

"그게 말이 돼?"

그 당시 경찰들에게는 수첩이 필수였다.

사건에 대한 정보를 기록하려면 어쩔 수 없이 수첩을 써야 했다. 지금처럼 스마트폰이 있는 것도 아니고 하이테크 제품이 있는 것도 아니었으니까.

"아버지가 돌아가시고 난 후에 경찰서에서 온 물건 중에 수첩은 없었답니다. 뻔한 문구용품만 있었다고 하더군요."

"말이 안 되는데? 경찰이 수첩도 없이 일할 리가……."

"뻔하지요."

"으음……."

장만수는 살해당했다는 의심을 받고 있다. 그리고 누군가 그걸 덮고자 했다면, 당연히 그의 기록을 가장 먼저 빼돌렸을 것이다.

"아주 흔적을 사방에 줄줄 흘리고 다니는구만."

김성식은 어이가 없다는 듯 중얼거렸다.

그리고 이렇게 흔적을 줄줄 흘리고 다녀도 경찰은 수사하지 않는다. 수사권은 그들에게 있으니까.

"그러면 다른 사람은?"

"누구?"

손채림은 조용히 듣고 있다가 문득 생각난 듯 물었다.

"그 후에도 조사하던 사람이 있었다면서?"

"그 사람도 자살했지, 공식적으로는."

"그렇다면 그 사람이 기록을 남기지 않았을까?"

"응?"

손채림은 자신의 의견을 말했다.

그녀는 프로파일을 배우면서 의외로 그쪽으로 재능을 보

이고 있었다.

"그렇잖아. 자기 파트너가 누군가에게 살해당했다고 생각하면서 수사한다면 당연히 그 이후에 벌어진 일에 대해서도 의심할 거 아니야. 파트너의 기록을 누군가 빼돌린 걸 안다면 그도 같은 꼴을 당할지도 모른다는 걸 알 텐데, 전하고 똑같이 움직일까?"

"그렇군…… 그러지는 않겠지."

한번 당했으니 그냥 당하려고 하지는 않을 것이다. 당연히 어떤 식으로든 기록을 남기려고 했을 것이다.

"일반적으로 수사는 혼자 하는 게 아니잖아. 그러니까 장만수 씨가 수사했다면 어떤 식으로든 그 파트너에게도 기록이 있을 거야. 파트너는 그 기록을 그냥 두었다가 빼앗기기보다는 어떤 식으로든 보관하려고 했을 것 같은데?"

"으음……."

"확실히 채림 양 말이 맞네. 나라도 그런 걸 수사하고 있다면 똑같이 당하지 않도록 수를 쓰겠지."

"그렇겠지요?"

하지만 그 파트너가 누군지 알지도 못한다.

설사 안다고 해도, 그가 어디다가 그걸 감췄는지는 알 수가 없다.

"하지만 그쪽이 현재로서는 최선이 아닐까요?"

손채림의 말에 노형진은 고개를 끄덕거렸다.

만일 그 파트너가 그 후에도 계속 조사했다면 분명히 기록이 남아 있을 것이다. 그렇게 생각할 수밖에 없었다.

"나도 동의합니다. 일단은 다른 건 건드리지 말죠."

"네? 왜요?"

노형진 역시 손채림의 말에 동의했다. 그리고 자신의 의견을 확실하게 말했다.

"어차피 건드려서 나올 정도의 정보라면 저들에게도 있을 테고 어쩌면 저들에게 유리한 것일 수도 있습니다. 도리어 잘못 건드리면 타초경사의 우를 범할 수 있습니다."

"음……."

자신들이 찾아다닌다는 것을 알게 된다면 배후에 있는 인물들은 경계하기 시작할 테니 수사는 더욱 힘들어질 것이다.

"이번에는 경찰과 검찰 그리고 지방자치단체까지 다 적이라고 봐야 합니다. 확실한 증거가 나오기 전까지는, 그들을 건드리는 건 위험합니다."

"그렇겠지?"

과연 그들이 뇌물을 서장에게만 뿌렸을까? 그럴 것 같지는 않다.

간단한 조사만으로도 그 당시에 팔각수가 얻을 수 있었던 수익은 어마어마했다는 게 확인되었으니까.

"그 당시 팔각수는 해당 지역을 재개발하면서 1조에 가까운 수익을 올렸습니다. 그 당시로서는 어마어마한 금액이지요."

"음……."

"그게 팔각수를 지금의 자리에 올려놨습니다. 1조면 순수익이 못해도 6천억입니다."

"확실히……."

"그리고 재개발이라는 건 기본적으로 지자체가 나서는 거지, 경찰이 나서는 게 아니지 않습니까?"

"그렇지."

"더군다나 그 당시 팔각수는 그다지 실적도 없는 중소 건설 업체였습니다. 그런데 그런 곳에 그런 대단위 재개발을 맡겼다는 게 이상하지 않습니까?"

다들 고개를 끄덕거렸다.

한국에 그 정도 재개발을 하려고 매달리는 기업은 한두 곳이 아닐 것이다. 당연히 그들은 어떻게 해서든 그 공사를 따내려고 했을 것이다.

그럼에도 불구하고 실적도 별로 없는 팔각수라는 기업이 갑자기 재개발을 따낸다?

"뇌물 말고는 답이 없지요."

"흠……."

어마어마한 뇌물을 받아서 그 공사를 줬고 그 후에 그런 살인 사건이 터졌다면, 관련된 자들 인생 역시 팔각수에 엮인 셈이다.

그런 그들이 어떻게 해서든 비밀을 지키려고 하는 것은 당연한 일.

"그러니 그들을 건드리기 전에 확실한 증거부터 찾아야 한다고 생각합니다."

그들은 살짝만 건드려도 새론을 죽이려고 달려들 것이다.

"그게 좋겠군. 철저하게 비밀을 지켜야겠어."

김성식 역시 고개를 끄덕거렸다.

"일단 검찰 쪽에도 말하지는 않겠네. 자네가 그 파트너라는 사람을 찾아 주게."

"네."

노형진은 그렇게 말하면서 고개를 끄덕거렸다.

하지만 여전히 문제는 남아 있었다.

'과연 어디에 숨겨 놨을까……'

아니, 애초에 정말 숨겨 놓긴 한 건지조차 걱정되는 상황이었다.

숨어 있는 진실

파트너는 한백용이라는 사람이었다.

장혁우는 그가 죽을 당시 어린아이였기 때문에 제대로 기억하는 게 없었고, 장혁우의 어머니는 이름만 기억하고 있었다.

다행히 경찰을 하던 한백용이라는 사람을 찾는 것은 어려운 일이 아니었다.

그는 죽을 당시에 고작 29세, 젊은 나이였다.

"정의감이 넘치는 녀석이었지."

한백용의 형은 착잡한 듯 담배 연기를 뿜으며 말했다.

"어려서부터 경찰이 되겠다고 노래를 부르더니 그렇게 죽을 줄 누가 알았나."

"죄송합니다만 그 당시에 죽은 이유를 알 수 있을까요?"

"사고였어."

"사고요?"

"그래."

노형진은 고개를 갸웃했다.

분명 자살이라고 들었다. 그런데 사고라니.

"저희는 자살로 알고 있는데요."

"누가 그래?"

"동료 경관이셨던 분의 아드님이요."

"누군지 모르지만, 사고였어."

어깨를 으쓱하는 남자.

'누군가 중간에서 거짓말을 한 거군.'

사고로 죽었다고 하면 의심할 테니 자살로 거짓말을 했을 가능성이 높다.

"무슨 사고였지요?"

"기차 사고."

"기차 사고요?"

"그래. 건널목에서 기차에 치였어."

"그게 끝입니까?"

"그 이후에 뭐 아는 게 있어야지."

그는 별 의심을 하지 않은 모양이었다.

하긴, 그는 장혁우처럼 의심해야 하는 상황이 아니었으니까.

"혹시 관련 기록이 있을까요?"

"있을 리 없지."

"네?"

"나도 경찰에게서 이야기만 들었으니까. 우리가 갔을 때 이미 동생은 병원에 있었어."

"음……."

또다시 나타난 경찰.

물론 사건에 경찰이 끼는 것은 당연한 일이다.

그러나 경찰이라는 거대한 조직의 비리를 추적하는 상황에서 그들의 행동은 그다지 좋게 보일 수가 없었다.

"그러면 그 이후에 관련된 내용은 없던가요?"

"동생이 술을 먹고 운전하다가 기차 건널목에서 잠들었다고 하던걸."

"술을 먹고 운전하다가요?"

'말이 안 되잖아?'

경찰이 술을 먹고 운전을 한다? 그럴 수 있다.

하지만 한백용은 정의감이 강한 사람이다. 더군다나 범인을 추적하는 중이었다.

그런데 그런 그가 술을 먹고 운전을 한다?

'그 당시에는 기차 건널목이 여러 곳에 있었다고 하지만…….'

지금은 안전상의 문제로 대부분의 기차 건널목은 터널이나 고가로 교체되었다. 그러니 지금도 그게 있을 리 없다.

그렇다고 해도 이상한 점이 있었다.

"동생분 댁이 어디셨나요?"

"시내였지."

"기차 건널목이 시내에 있어요?"

"아니. 우리 집으로 오는 방향이었는데."

"흠?"

술을 먹고 형네 집으로 차를 끌고 올 리 없다.

아무리 20년 전이라고 해도, 시내는 교통 문제로 기차 건널목이 없었고 말이다.

"혹시 의심스러운 건 없었나요?"

"나야 모르지. 그 녀석은 자기가 하는 일에 대해서 말한 적이 없으니까."

그의 형은 농사를 짓는 순박한 사람이었다. 그러니 경찰이 자신에게 거짓말을 했을지도 모른다고 전혀 의심하지 않는 눈치였다.

"그날 동생분이 온다고 전화하거나 그랬나요?"

"그런 소리는 없었는데."

"그러면 평소에 연락도 없이 오고 그랬나요?"

"아니, 그런 건 전혀."

어깨를 으쓱하는 그의 말에 노형진은 한숨부터 나왔다.

"그러면 맡겨 두거나 한 거 없었습니까?"

"그런 것도 없는데."

"알겠습니다."

그 후에도 이런저런 질문을 하고 대답을 들었지만 딱히 나오는 것은 없었다. 한백용의 형은 굳이 누군가를 의심하지도 않았고 그렇다고 뭔가를 아는 눈치도 아니었다.

"감사합니다."

그에게 인사하고 나오면서 노형진은 머리를 북북 긁었다.

"왜, 이상해?"

"이상하지. 넌 안 이상해?"

"내가 봐도 이상하기는 해."

왜 이야기도 미리 하지 않고 이쪽으로 왔단 말인가? 그건 말도 안 된다.

"진짜로 여기로 오는 중이었을까?"

"그럴 리 없지."

오밤중에 술을 먹고 여기로 올 이유가 없다. 더군다나 미리 전화도 없이 말이다.

"누군가가 사고를 가장해서 죽인 게 분명해."

"다른 범인일 수도 있잖아?"

경찰은 원한을 많이 얻을 수밖에 없는 직업이다. 특히나 정의감이 강한 사람은 더더욱 그렇다.

보통은 경찰을 안 건드린다고 하지만, 막나가는 녀석은 언제나 있기 마련.

"글쎄. 난 아니라고 보는데."

"어째서?"

"형님네로 오는 길에 죽었잖아. 그게 증거야."

"응?"

"경찰 본인의 개인 정보를 얻는 것도 일반인은 무척이나 힘들어. 보호를 위해서 대부분 숨기려고 하거든. 심지어 세금 납부서까지 경찰서에서 받는 사람도 있으니까."

"그런데?"

"그런데 다른 사람도 아니고 형님 집으로 가는 길을 어떻게 알아내?"

"아!"

이 사건이 성립하기 위해서는 한 가지 확실한 게 있다.

누구든 간에, 한백용의 형님의 집을 알아야 한다는 것.

일반인의 경우 경찰 본인의 집도 알아내기 힘든데 형님의 집을 어떻게 알 수 있을까?

"더군다나 다음 날이 쉬는 날도 아닌데 지방에 있는 형님의 집까지 술을 먹고 운전한다는 건 말도 안 돼."

정상적인 상황에서도 퇴근 후 두 시간이 걸리는 거리다.

이걸 반대로 말하면, 출근하려면 내일 아침에 두 시간을 가야 한다는 소리다.

그런데 그런 거리를 술을 먹고 운전한다? 상식적으로 말이 안 된다.

"이번에도 경찰이 끼어든 걸까?"

"아무래도."

노형진은 착잡하게 말했다.

그렇지 않다면 이런 식으로 사고가 날 수가 없다.

"더군다나 생각해 봐. 사람이 술을 먹고 운전을 하다가 정확하게 철도 건널목에서 잠들 가능성이 몇 퍼센트나 될 것 같아?"

"응?"

"철도 건널목은 기본적으로 자유 통행이야. 도로지."

그러니까 그냥 가속해서 지나가기만 하면 된다. 그런데 정확하게 그 한복판에서 잠이 들어 버린다? 말도 안 되는 소리다.

"하지만 잠든 상태에서 가속으로 올라갈 수도 있잖아?"

"그러니까 이해가 안 되는 거야. 그런 거라면 가속력으로 넘어가거나 그 전에 도착하지 못했어야 정상이지, 정확하게 멈추겠냐고."

"음……."

"거기에다 사람이 운전하면서 잠드는 게 빠르겠어, 아니면 서 있는 상태에서 잠드는 게 빠르겠어?"

"당연히 서 있는 상태지."

"건널목은 일반적으로 도로지만 기차가 오면 차단기가 내려와. 그리고 통행을 막지. 그러면 서서 기다려야 해."

"아하!"

그런 구조라면, 그래서 술에 취해 있는 상황이라면 그렇게

서서 기다려야 하는 시간에 잠들 가능성이 차라리 더 높다.

"하지만 차단기를 부수고 들어갔을 수도 있잖아?"

"그건 그렇지. 그러니 확인해 봐야지."

하지만 그럴 가능성은 낮다.

만일 차단기를 부수고 갈 정도로 속도를 내는 중이었다면 그냥 자연스럽게 넘어갔어야 정상이다.

반대로 부족했다면 거기에 걸렸어야 정상이고.

"그러니 해당 사건 현장을 한번 확인해 봐."

"알았어. 그런데 이쪽에는 흔적이 남아 있는 것 같지 않은데 어쩌지?"

"글쎄. 그게 문제이기는 하네. 내가 봐서는 자신만 아는 곳에 맡겨 놨을 가능성이 높아."

"어째서?"

"한번 사람을 죽였던 자들이야. 관련되어 있다면 가족도 위험하겠지."

"그렇겠네."

자신의 가족까지 위험하게 하면서 파고들고 싶지는 않았을 것이다.

그렇다면 가족은 모르게, 어딘가 안전한 곳에 그걸 두는 쪽을 선호했을 것이다.

"하지만 자기만 안다면 아무런 의미도 없잖아?"

"그게 문제인데······."

자신이 안다면 결국은 역사 속에서 잊혀 버린다는 뜻이다.

그러니까 누군가 그 장소를 알고 있고 나중에 써먹을 수도 있어야 한다는 뜻이다.

"누가 그런 게 가능할까?"

"글쎄……."

노형진은 곰곰이 생각에 빠졌다.

스물아홉 살의 건장한 청년 경찰이 믿을 만한 사람이라 면…….

"우리가 아까 여자 친구에 대해서 물어봤나?"

"아니, 여자 친구는 안 물어봤지."

"여자 친구가 있지 않을까?"

"응? 가족들을 위험하게 하지 않으면서 여자 친구를 엮어 둘까?"

"그럴 리는 없지. 하지만 여자 친구를 주변에서 모른다면?"

"모를 수도 있지."

경찰? 경찰은 믿을 수 없다. 누군가 배신했고, 선배이자 파트너를 죽였다.

내부 감찰관? 누가 봐도 의심스러운 상황인데 내사조차 하지 않았다.

외부 기관? 오로지 돈만으로 돌아가는 세상에서 그들을 믿을 수는 없다.

그렇다고 언론에 투고하자니 아직 증거가 부족하다. 그렇다면 남은 것은 친구 아니면 여자 친구.

"잠깐 기다려 봐."

노형진은 몸을 돌렸다.

"아무래도 확실하게 물어봐야 할 테니까."

그의 형이 아닌 누군가라면, 어쩌면 그 존재를 형은 알고 있을 가능성이 있었다.

⚖️

여자 친구는 있었다. 그리고 주변에서는 그 존재를 몰랐다.

집안에서도 알기는 했지만 관심조차 가지지 않았다.

"중졸이란 말이지."

여자 친구는 중졸의 학력을 가진 사람이었고, 집안에서는 대학까지 나와서 멀쩡하게 공무원이 된 아들을 중졸밖에 안 되는, 게다가 집안도 가난한 그녀와 결혼시키고 싶어 하지 않았다.

"그 당시에 아슬아슬한 관계였던 모양이야."

"남자가 헤어지려고 해서?"

"아니."

여자의 입장에서는 아무리 사랑한다고 해도 자신을 싫어하는 집에 시집가는 게 쉬운 선택이 아니니 당연히 헤어지려고 했고, 그래서 거리를 두던 시점이라고 했다.

"거기에다 연상이라고 하더군."

"집에서 싫어할 만한 조건은 다 가지고 있네."

"그렇지."

그래서 모든 것이 부정확한 상황이니 경찰서에서도 그 여자 친구의 존재를 알지는 못했을 것이다.

"하지만 그렇다고 해서 그 사람에게 맡겼을까? 도리어 더 위험한 거 아니야?"

"헤어질지도 모르는 여자 친구에게 맡기지는 않았을 거야. 그렇지만 그래서 더 안전할 수도 있지."

"응?"

"남이 모르는 헤어진 여자 친구, 그 사람이 물건을 맡아두기는 힘들지만 위치는 기억할 수 있잖아?"

전산상의 기록으로 서로의 관계를 알아낼 수는 없다.

더군다나 물건을 맡기는 것도 아니고 장소만 이야기한 거라면 더더욱 위험할 일은 없다.

"하지만 그 사람이 잊어버리면? 솔직히 헤어진 남자 친구를 그리워하면서 혼자 살면서 그 뒤를 따라가는 것은 말도 안 되는 소리잖아?"

"그게 중요하지."

"응?"

"너, 경찰이 조사할 때 가장 먼저 시작하는 것이 누구일 것 같아?"

"글쎄."

"바로 여자 친구야."

경찰들이 누군가를 추적할 때 가장 많이 찾는 대상이 바로 가족과 여자 친구다.

오래됐으면서도 가장 기본적인 수사 기법이다.

"그도 경찰이니 그걸 알겠지."

"그러면 경찰이 여자 친구를 조사해야 정상 아냐?"

"하지만 여자 친구가 아무것도 모른다면?"

"음……."

사이가 틀어져 헤어진 여자 친구에 경찰은 미련을 남기지 않을 것이다.

"하지만 누군가 자신을 추적한다면 기본적으로 여자 친구라는 존재를 감안할 수밖에 없어. 그렇다면 그녀를 찾아갈 거라 생각하겠지."

"그렇지만 맡긴 게 아니라면서?"

"맡긴 건 없어도 추억은 있겠지."

그들이 기억할 만한 곳. 그런 곳에 뭔가를 뒀을 가능성이 높다.

"다행히 이름도 알고."

그녀를 찾는 것은 어렵지 않았다.

노형진은 차에서 내린 뒤 고개를 들어서 건물에 붙어 있는 간판을 바라보았다.

"황제갈비라."

그녀는 한백용이 죽은 후에 그의 집을 찾아가지 않았다.

갈 이유가 없다. 흐릿하던 유일한 접점마저 사라졌는데 누가 거기에 가겠는가?

그 후에 그는 다른 남자를 만나서 결혼하고 장사를 시작했다.

다행히 그녀는 음식 솜씨가 있는 편이어서 갈빗집으로 성공했다.

"들어가 보자."

안으로 들어가자 고작 두 테이블만 차 있을 뿐, 대부분의 자리는 비어 있었다. 그리고 대부분의 직원들은 자리를 비우고 쉬고 있는 듯했다.

"장사 잘된다면서?"

"지금 시간을 봐. 3시 20분이야. 점심시간이 지났지."

"아하!"

평일 이 시간에 장사가 잘되는 건 힘든 일이니 이 정도면 정상적인 수치다.

"어서 오세요."

"혹시 소말주 씨 계신가요?"

"전데요? 아, 전화하신……?"

"네, 노형진입니다."

카운터에 앉아 있던 후덕한 여자가 자리에서 일어나자 노형진은 그녀에게 자신의 명함을 건넸다.

"한백용 씨 사건과 관련해서 수사 중입니다. 그래서 혹시 아시는 게 있나 해서요."

"한백용이라, 그 이름 참 오랜만에 들어 보네요. 죽은 후에는 들을 일이 없으리라고 생각했는데."

약간은 씁쓸한 표정이 되는 그녀.

하긴 수십 년 전 죽은 전 남자 친구의 이름이니 기분이 좋지는 않을 것이다.

"그런데 저에게 묻고 싶은 게 있다고 하지 않으셨나요?"

"네, 그 당시 기억을 좀 더듬어 주세요."

"안 그래도 그 당시 기억을 더듬고 있었어요. 그 당시는 기분이 좋은 시점아 아니었으니까."

"네?"

그건 생각하지도 못했던 일이었기 때문에 노형진은 고개를 갸웃했다.

"남자 친구가 죽고 난 후에 경찰이 몇 번 왔다 갔거든요."

노형진은 정신이 번쩍 들었다.

경찰이 그녀를 찾아올 이유가 뭘까? 그녀가 범죄를 저질러서?

아니다.

그러면 비밀이 있어서?

그것도 아니다. 단 하나, 한백용과 관련해서다.

'그렇지, 내가 예상하던 대로군.'

경찰도 분명히 뭔가 맡겨 둔 것이 아닐까 하고 의심했을 것이다. 그러니 여자 친구를 찾아올 수밖에.

가장 기본적인 수사 방식이니까.

"경찰이 뭐라고 하던가요?"

"사건과 관련해서 맡겨 두거나 부탁받은 게 있느냐고요."

"그런 게 있나요?"

"전혀요. 어차피 마지막에는 서로 소원하게 지내던 시점이라."

헤어지기로 마음먹었고 기회만 보던 상황이라 뭘 맡기려해도 맡아 주지는 않았을 거라는 것.

"그 당시 경찰도 몇 번 찾아오더니 나중에는 포기하고 안오더라고요. 뭘 찾는지는 모르지만."

"혹시 그 당시에 찾아온 사람이 누군지 아십니까?"

"너무 오래되어서 잘……."

"음……."

확실히 20년 전에 자신을 귀찮게 하던 경찰을 기억하는 것은 힘들 일이기는 하다.

'확실한 건, 뭔가 맡기지는 않았다는 건데.'

그러니 경찰도 포기하고 물러났을 것이다.

시간이 지나도 아무런 일도 일어나지 않자 의심을 풀었을 테고 말이다.

"혹시 그 당시에 같이 추억이 있는 장소에 자주 가거나 했나요? 아니면 기억해 달라고 하거나."

"그런 건 없었어요."

"네?"

"그런 건 없었어요. 뭐, 그 뭐냐, 타임캡슐 같은 거 말씀하시고 싶은 것 같은데, 저 때는 그런 것도 없었고, 있다고 해도 백용이가 그렇게 로맨틱한 사람은 아니었거든요."

"그런가요?"

"네. 솔직히 막판에는 심하게 싸웠어요. 갑자기 돌변해서 저를 차려고 했으니까요."

"차려고 했다?"

노형진은 고개를 갸웃했다.

한백용의 형의 말에 따르면 그는 끝까지 결혼하려고 했다고 했다. 그런데 차려고 했다니?

"맨날 집안 어른한테 인사드린다고 끌고 다녔거든요."

"그게 왜 차려고 한 건가요? 힘든 자리라서 그런가?"

손채림도 그건 이해하지 못하겠다는 표정이 되었다.

물론 힘든 자리이기는 하다. 하지만 한편으로 보면, 반대하는 어른들의 결혼 승낙을 받으려고 했다고도 볼 수 있다.

"살아 있는 분이 아니니까 그렇지요."

"네?"

살짝 얼굴을 찡그리며 그녀는 그렇게 말했다.

"살아 있는 분이 아니었다고요?"

"네. 집안 어른이라고, 납골당만 네 번은 간 것 같아요."

"납골당요?"

"네. 세상천지에 여자 친구를 납골당에 네 번이나 데리고 가는 남자가 어디 있어요? 저랑 끝내고 싶은데 차마 말 못 하는 것 같아서 제가 끝내려고 했죠. 그 전에 죽었지만."

한숨을 푹 쉬는 그녀.

하지만 노형진은 그게 바로 노리는 점이라는 사실을 알아 차렸다.

"혹시 그 납골당이 어딘지 알 수 있을까요?"

도심지에서 좀 떨어진 오래된 납골당.

그곳에 도착한 노형진은 주변을 두리번거렸다.

"여기 있는 거 확실해?"

"그렇지 않다면 여자 친구를 여기에 네 번이나 끌고 오겠어?"

"하긴."

상식적으로 그런 남자는 없다.

그리고 이런 식이면 여자는 화가 나서 이 장소에 대해서 잊어버리지도 못할 것이다.

"하지만 여기 어디에 있다는 거야? 땅속에?"

"그럴 리 없지. 자기 마음대로 넣을 수는 없으니까."

"그러면?"

"납골당이니 당연히 항아리 안에 두겠지."

"항아리라고 하면……."

손채림은 주변을 스윽 둘러보았다.

"수천 개는 되는데?"

"끄응……."

수천 개는 되어 보이는 항아리. 그걸 일일이 열어 볼 수는 없다.

마음대로 열 수 있는 것도 아니거니와 잠겨 있는 걸 부수고 망자의 유골함을 꺼내는 것은 법적으로도, 도의적으로도 문제가 될 가능성이 큰 일이다.

"아마 관련이 있는 곳에 넣어 놨을 거야."

"어떤 식으로?"

"관련된 자 이름으로 빌려서 넣었거나……."

"사망자?"

"아니야. 관련 사망자들은 너무 많아. 그러니까 관련된 자, 음…… 아마도 장혁우 씨나 장만수 씨 이름이 아닐까?"

"하지만 장만수 씨 묘는 여기가 아니잖아?"

"어차피 상관없지. 여기는 뭔가를 감추기 위해 필요한 공간이었으니까."

"아하!"

"일단 주변을 수색하자. 다들 장혁우나 장만수 씨 이름으로 되어 있는 걸 찾아보세요."

직원들까지 총동원해서 일일이 유골함을 확인하는 사람들.

다행히 해당되는 사람은 생각보다 많지 않았다. 20년 전 사건이니 그 주변으로 해서 죽은 사람만 찾으면 되기 때문이다.

그러나 곧 들려온 소식에 노형진은 당황했다.

"없는데요."

"없어요?"

"네. 동명이인은 있습니다만, 사망 연도가 달라요."

"끄응……."

납골당에는 들어가는 시기가 있다. 그러니 사망 연도를 마음대로 기재할 수는 없다.

당연히 사망 연도가 맞아야 하는데 그게 다르다니.

"다른 이름은?"

"너무 많습니다."

"큭."

노형진은 절로 신음 소리를 냈다.

이런 상황이면 자신이 찾을 수 있는 방법이 없다.

그렇다고 아무 이름이나 넣어서 보관했을 리는 없다. 누군가 찾을 수 있게 했을 것이다.

'여기가 아닌가?'

하지만 그렇다면 여기에 여자 친구를 데리고 온 이유가 없다.

이미 한백용의 형에게서 이곳에 그 집안의 조상이 납골되지 않았다는 걸 확인했다.

자신들의 집에서는 선산에 있는 가족묘를 쓴다는 것이다.

"다른 사람이라면 누가 있지? 관련된 사람, 관련된 사람…… 으으, 미치겠네……."

하지만 너무 오래된 기억이라 관련된 사람의 이름을 노형진이 알 리 없다. 분명히 뭔가 있을 텐데.

그때 손채림이 그런 노형진을 툭툭 찔렀다.

"잠깐만…… 나 생각 좀."

"저걸 보면 생각이 좀 달라질 것 같은데?"

"뭔 생각?"

"저기 붙어 있는 팻말."

손채림이 가리키는 방향을 보자 거기에는 이곳 관리자들이 붙여 둔 안내문이 보였다.

납골묘의 임대에 관해서 안내받으실 분은 1층 관리실로 와 주시기 바랍니다.

"저게 왜?"

"여기는 임대하는 곳이잖아, 완전 구입이 아니고."

"그런데?"

"그러면 돈은 누가 내?"

노형진은 아차 싶었다.

그렇다면 돈은 누가 낼까?

물론 임대할 당시에 기간을 길게 잡아 계약할 수는 있다. 그러나 어찌 되었든 정해진 시간이 지나면 치워야 한다.

"한백용은 이미 죽었잖아? 그 후에 누가 내줬을 것 같지는 않은데."

"......!"

그렇다면 그 유골은 어디에 갔을까? 그냥 버렸을까?

그럴 가능성은 없다.

아무리 그래도 유골이다. 연락이 안 된다고 해서 마음대로 버릴 수는 없다.

그렇다면 어딘가에 보관해야 한다는 뜻이다.

"사무실이 1층이랬지?"

⚖️

"당사자가 돌아가셨군요. 몰랐습니다."

노형진은 1층에 가서 관리인에게 사정을 설명했다.

물론 사건을 조사 중이라고 말한 것은 아니고, 당사자가 사망해서 미납이 발생했다는 것을 확인한 것뿐이지만.

"안 그래도 이런 경우는 저희가 좀 곤란해서요."

그는 노형진과 손채림을 데리고 어디론가 향했다.

"그런가요?"

"네. 어찌 되었건 유골함 아닙니까? 남의 조상인데 막 버릴 수도 없고…….."

원래는 당사자와의 계약서를 보여 줘야 했지만 노형진이 변호사 명함을 보여 주자 그는 군소리하지 않고 확인해 줬다.

자기들의 입장에서도 어차피 곤란한 일이니 그에게 처리를 맡기려고 하는 것이리라.

"그래서 연락이 안 되는 분들 유골함은 이곳에 따로 보관합니다. 뭐, 좋은 시설은 아닙니다만."

어깨를 으쓱하면서 문을 여는 남자.

그곳에는 커다란 창고 벽 주변으로 수십 개의 유골함이 가득 있었다.

"이게 다 주인이 없는 겁니까?"

"주인이라……. 주인은 저 안에 계시죠. 일단 유골함이라고 하면 집이라고 할 수 있는 거 아니겠습니까? 하하하."

"아, 죄송합니다. 실수했네요. 연락되는 친지분들이 없으신 건가요?"

"네. 잊은 건지, 아니면 말씀하신 것처럼 사고가 있는 건지는 알 수 없지만요."

선반들을 스윽 살피던 그는 연도별로 구분되어 있는 칸을 살피더니 한구석에서 회색의 유골함을 하나 건넸다.

"여기 있네요, 장혁우."

'역시.'

장혁우 또는 장만수로 됐을 거라 생각했는데 장혁우의 이름으로 되어 있었다.

출생 연월일 역시 장혁우의 생년월일과 같았다.

'아마도 추적한다면 혁우 씨가 할 거라 생각했겠지.'

노형진은 그걸 받아 들었다.

묵직한 무게감이 느껴지자 노형진은 침을 꿀꺽 삼켰다.

"혹시 열어서 이 안을 들여다보셨나요?"

"아니요. 유골함은 봉해져 있으니까요. 열어 볼 이유도 없고."

어깨를 으쓱하는 남자.

노형진은 그걸 살짝 흔들었다.

그런 그의 입술이 슬며시 위로 올라갔다.

혁우에게

만일 이걸 네가 보고 있다면 제대로 추적하고 있다는 뜻이겠지. 그리고 내가 죽었다는 뜻일 테고.

네가 추적한다는 건 이 사건을 뒤집을 만한 시기가 되었다는 뜻일 거라 믿는다.

만일 그럴 상황이 아니라면 어딘가에 감춰 놓거라.

그 안에서는 그렇게 시작된 편지와 함께 수첩과 몇 개의 플로피디스크 그리고 몇 가지 서류들이 나왔다.

장혁우는 그런 증거들을 보면서 차마 입을 떼지 못했다.

"백용이 형이 사고로 죽었다는 건 몰랐습니다. 다른 동료 분이 자살했다고 했거든요."

"혹시나 의심하고 추적할까 봐 그랬을 겁니다."

"음……."

노형진은 그렇게 말하면서 하나씩 증거를 꺼냈다.

"이 수첩은 한백용 씨의 수사 기록입니다. 저희가 기록을 조사했습니다만, 이 기록에 따르면 그 당시 여섯 명 정도 되는 남자들이 월당동에 올라갔다는 증언이 있습니다."

아무리 늦은 시간이라고 해도 길거리에 사람들이 안 다니는 것은 아니다.

한백용과 장만수는 그런 사람들을 찾아내는 데에 성공해서, 그들의 증언을 토대로 사건을 수사하고 있었던 것이다.

"그들은 승합차를 타고 올라갔고 화재 직후에 내려왔다고 합니다. 차량 번호도 적혀 있지만 대포차로 되어 있더군요."

"월당동?"

월당동이라는 말에 장혁우의 얼굴이 순간 흠칫 굳었다.

아무리 월당동 사건이 언론을 통해서 나가지 않았다고 해도 백 명이 넘는 사람이 죽은, 자신이 살던 동네에서 벌어진 사건이다. 그러니 모를 수가 없다.

"월당동은 왜요?"

"아버님이 조사하던 폭력 조직이 그 지역의 재개발을 담당하던 자들이었습니다."

"설마?"

"아버님은 그들이 고의적으로 방화를 저질렀다고 생각하고 있었던 것 같습니다. 나가지 않으려고 결사적으로 버틸 때였으니까요."

"크흠……."

20년 만에 아버지가 죽은 이유를 안 장혁우는 숨이 턱턱 막혔다.

지금까지 왜 하필 아버지인가, 왜 하필 자신들인가 하고 고민을 많이 했다. 그런데 그 이유가 드러났다.

"재개발이라니……."

그의 나이도 있으니 재개발이 얼마나 돈이 되는지 모를 리 없다.

그리고 그 돈이면 살인도 불사할 정도라는 것도.

"그 당시 해당 조직인 아태파는 1조에 가까운 수익을 냈습니다. 그 돈을 기반으로 팔각수라는, 자신들이 만든 회사를 키울 수 있었지요."

"그러면 그걸 위해 저지른 것이 방화인데, 아버지와 백용이 형이 그걸 조사해 오니까 죽였단 말입니까?"

"네."

"하지만 경찰이 왜 그걸 그냥 둔단 말입니까?"

경찰은 경찰이 지킨다고 생각했다. 그런데 왜 조사를 안 한단 말인가?

"그 당시 서장이 현 충북경찰청장입니다."

"그런데요?"

"청장이 되는 건 정의감만으로는 부족합니다."

"……."

모든 게 맞아떨어져서 하나의 완벽한 그림이 그려지기 시작했다.

만일 이 수사가 진행되어서 사실이 밝혀진다면 얼마나 많은 사람들이 다칠까? 그건 상상도 못 할 수준일 것이다.

거기에다 1조짜리 공사면 장차관급까지 올라갈 수도 있는 일이다.

"아버님 되시는 장만수 형사님은 그걸 의심한 듯합니다."

처음에는 그저 단순한 화재라고 생각했다. 그런데 누군가 차량을 타고 올라갔다는 것이 의심스러워졌을 것이다.

더군다나 자신들이 조사하던 아태파 조직원을 추적하다 나온 결과이니 아태파가 관련된 건 당연한 일.

"그래서 사건을 파고든 거지요."

"이건……?"

종이를 드는 장혁우.

작은 종이에는 숫자가 가득 적혀 있었다.

"영수증입니다. 정확하게는 주유소 영수증이지요."

"주유소요?"

"네. 이 기록에 따르면 차량을 끌고 가던 사람들은 기름을 넣고 간 것으로 되어 있습니다."

"그게 이상한 건가요?"

"하나만 넣었다면 이상할 게 없죠."

"하나만 넣었다면……?"

"네. 이 당시 증언에 따르면 그들이 타고 올라간 차량은 프레오라는 차량입니다. 그리고 그 차량은 경유와 휘발유 차량으로 나왔지요."

"승합차는 흔한 거 아닌가요?"

"그래서 이 종이가 중요한 겁니다."

이 영수증에는 경유와 휘발유를 모두 구입한 기록이 있다.

"하나만 샀다면 차량용으로 샀다고 할 수 있지요. 그런데 왜 따로 산 걸까요?"

"설마……?"

"불을 지르는 데 경유는 적합하지 않지요."

경유는 기름치고는 그다지 불이 잘 붙는 타입이 아니다. 그래서 뭔가 태울 때는 경우보다는 휘발유를 더 많이 쓴다.

"이 플로피디스크 안에는 조직원들의 신상이 들어 있더군요. 아마도 그 일을 저지른 자들에 대한 정보인 듯합니다."

"음……."

"그리고 가장 중요한 건 이겁니다."

다른 플로피디스크를 꺼내 드는 노형진.

"그게 왜요?"

"어떻게 구한 건지 모르지만, 아태파와 결탁한 작자들의 명단이 들어 있습니다."

장혁우의 얼굴이 딱딱해졌다.

자신의 아버지를 죽인 자들의 명단이라는 소리나 마찬가지였기 때문이다.

"내부에서 장부를 누군가 빼냈나 봅니다. 뇌물을 준 시기와 액수 그리고 장소까지 다 들어 있더군요. 액수가 어마어마하더군요. 특히나 월당동 사건 이후에는 액수가 개인당 억 단위로 뛰었습니다."

"억요?"

"네."

그 당시에 억이라고 하면 어마어마한 돈이었다.

집 한 채에 몇천씩 하던 시절이니 억 단위 돈이라고 하면 안 넘어올 사람이 없었을 것이다.

"도대체 누구입니까? 도대체 누가!"

"그게 문제입니다. 모조리 약자더군요."

이니셜로만 적혀 있는데 그것도 세 글자도 아니고 두 글자다. 그러면 상대방을 특정하기 힘들어진다.

가령 'K.D'라고 적혀 있다면 그건 김동혁의 'K.D'가 될 수도 있고 박기동의 'K.D'가 될 수도 있다.

새어 나가는 걸 대비해서 이렇게 써 둔 것이다.

"추정되는 사람은 없습니까?"

"있습니다. 하지만 말 그대로 추정일 뿐이더군요."

가령 서장의 경우는 명확하게 이름으로 되어 있다.

하지만 시장으로 추정되는 사람은 성과 앞 글자로 되어 있다. 그리고 그 당시 소방 책임자로 추정되는 자는 성과 뒤 글자로 되어 있다.

"자기들만 알아볼 수 있게 해 놨습니다."

"큭."

"하지만 의심이 가는 사람이 세 사람이 있더군요."

"세 사람이 있다고요?"

"네."

노형진은 그들의 이름을 말해 줬는데, 그 말을 들은 장혁우는 움찔했다.

"그 사람들은……."

자신도 알고 있는 이름이다. 별로 의심하지는 않았지만 말이다.

"네, 아버지 동료분들이지요."

"큭."

이를 빠드득 가는 장혁우.

"그리고 저희가 알아낸 것이 있습니다."

"어떤 거죠?"

"이겁니다. 한백용 씨 사건 당시의 사진이지요."

추적하는 사람이 없다고 방심한 건지, 정작 한백용의 사건 기록은 남아 있었다.

그래 봤자 제대로 수사가 안 된 것은 마찬가지지만, 어찌되었건 남아 있으니 그 기록을 볼 수가 있었다.

"여기 보면 차량의 뒤쪽 범퍼가 보이시죠?"

"네."

형편없이 찌그러진 차량. 그 뒤쪽 범퍼를 확대해서 보여주는 노형진.

"그러면 여기에 회색의 도료가 보이시나요?"

"어디요?"

"자세하게 보셔야 합니다."

한참을 바라보자 희미하게 보이는 회색의 도료.

한백용의 차량이 하얀색이다 보니 아무래도 티가 덜 날 수밖에 없었다. 더군다나 형편없이 찌그러졌으니 더더욱 말이다.

"이게 중요한가요?"

"이 수첩에 따르면 그날 올라간 승합차의 색이 회색이었습니다."

"……."

장혁우는 순간 침묵을 지켰다.

그렇다면 아버지의 파트너였던 한백용 역시 그들의 손에 죽었다는 소리가 된다.

"한백용 씨의 형님 집으로 가는 철로에서 사고가 났습니다. 폭력 조직이 형님 집을 알 리 없지요. 그걸 알 수 있는 건……."

"경찰뿐이군요."

노형진은 고개를 끄덕거렸다.

경찰이 아니면 경찰의 친척 집 주소를 알 수 있을 리 없다.

"이번 사건은 부패한 경찰이 여기저기에 섞여 있습니다."

장혁우는 우울한 표정이 되었다.

이렇게 일이 개판일 거라고는 생각도 못 했던 것이다.

"그러면 어떻게 해야 합니까? 지금이라도 신고해야 하나요?"

"아니요, 그건 무리입니다. 일단 여기 있는 증거들만으로는 그들을 공격할 수 없습니다."

"하지만 기록이……."

"약자는 약자일 뿐입니다. 더군다나 이런 전산상의 기록은, 그들이 조작했다고 우길 겁니다."

그들이 힘이 없는 작자들이라면 문제가 될 것이 없다. 하지만 그들은 어느 정도 힘을 가진 작자들이고 서장 같은 경우에는 현재 경찰 내부에서 어마어마한 파워를 가지고 있는 청장의 자리에 있다.

"그러면요? 이대로 물러납니까? 아버지의 원수들을 그냥 두라고요?"

"그럴 수는 없지요. 그러니 확실한 증거를 찾아야지요."

"그 녀석들은 힘을 가지고 있다면서요!"

"압니다. 하지만 다른 녀석들은 다르지요."

"다른 녀석들?"

노형진은 그에게 다른 플로피디스크를 흔들었다.

"여기에는 해당 조직에 있던 자들의 정보가 있습니다. 특히 그날 실행한 것으로 보이는 자들의 명단은 따로 표시되어 있더군요."

"그들을 흔들어 보실 겁니까?"

"네."

폭력 조직 시다바리의 삶은 뻔하다. 그리고 그들의 끝도 역시 뻔하다.

그들은 일확천금을 노리고 불을 질렀겠지만 그렇게 해서 얻을 수 있는 수익은 위에서 다 가지고 가고 자신에게 떨어지는 것은 고작해야 푼돈밖에 되지 않는다.

설사 그 당시 적지 않은 돈을 받았다고 하더라도, 그들의 삶의 특성상 그 돈을 가지고 아껴서 장사하거나 불렸을 리는 없다.

"물론 일부는 조직에서 자리를 잡고 잘살고 있을지도 모르지요. 하지만 이런 더러운 일을 하는 놈들은 대부분 그러지 못합니다."

특히나 양성화된 조직에서는, 받아 주고 싶어도 이런 작자들은 제대로 조직 생활을 할 수 없기 때문에 받아 줄 수도 없다.

"그들은 건드리면 어떤 식으로든 반응할 겁니다."

"그걸 미끼로 삼으려는 겁니까?"

노형진은 고개를 끄덕거렸다.

"어떤 반응이든 그게 공격의 시작이 될 겁니다. 걱정하지 마세요. 전 그들을 용서해 줄 생각이 없으니까요."

반갑지 않은 조우

"저자입니다."

고문학은 노형진을 한 허름한 집으로 데리고 갔다.

족히 30년은 되어 보이는 빌라. 그나마도 반지하의 좁은 집. 그곳으로 시선이 향해 있었다.

"송억태라는 작자입니다. 얼마 전에 형기를 마치고 나왔습니다."

"형기라 하면?"

"살인입니다. 현재 전과 4범입니다."

"허?"

그 당시 그의 나이가 34세였다. 그런데 아직도 감옥을 들락날락하다니.

"그러면 나이가 쉰이 넘었군요."

"네."

"거기에다 전과가 4범이라……."

"그리고 잡범도 아니지요."

두 번의 폭행과 한 번의 집단 폭행 그리고 한 번의 살인까지, 도무지 답이 안 나오는 작자였다.

"그리고 원하신 대로 조직에서도 방출된 작자입니다."

노형진은 씩 웃었다.

"역시나 그렇군요."

"그런데 방출된 녀석이 있을 거라는 건 어떻게 아신 겁니까?"

"뭐, 흔하게 벌어지는 일이지요."

폭력 조직이 양성화되면 가장 문제가 되는 것 중 하나가 바로 전 조직원들의 대우다.

그나마 적응해서 생활하는 녀석들은 괜찮다. 하지만 제대로 통제되지 않는 녀석들은 어디에나 있기 마련이다.

"제가 재미있는 이야기 하나 해 드릴까요?"

"재미있는 이야기?"

"사람들은 전쟁할 때 범죄자나 폭력배를 무장시켜서 싸우게 하면 잘 싸울 거라 생각하죠. 그렇지요?"

"그렇지요."

고문학은 고개를 끄덕거렸다.

가끔 책에서 보면 그런 이야기들이 많이 나온다.

워낙 거칠고 험악한 녀석들이니 전쟁에서도 그 위력을 발휘할 거라 생각하는 것이다.

"그런데 사실은 전쟁터에서 그런 작자들은 도움이 안 됩니다."

"네?"

"통제가 안 되고 극도로 이기적이거든요."

"그런가요?"

"네. 똑같은 시스템으로 구축했을 때, 일반인의 전투력의 60%나 나오면 다행이라고 하지요."

"헐, 그 정도입니까?"

"저런 녀석들은 그 정도로 통제가 안 됩니다."

전쟁이든 사회든, 중요한 게 뭘까? 바로 조직이고 바로 시스템이다.

그런데 전쟁이 나서 그들을 전투에 투입해도, 그들은 시스템에 따르지 않고 자기 마음대로 움직인다. 그러니 체계적인 군사작전 따위가 가능할 리 없다.

하물며 전선에서도 그 지경인데 통제력이 약해지는 특수전에는 투입하는 족족 도망가 버린다.

"그래서 과거 소련에서는 형벌 부대를 운영할 때 좋게 말해서는 독전대, 사실상 처형대를 함께 운영했지요."

전장에 투입된 부대가 후퇴하거나 주저하면 뒤에 있는 기관총이 불을 뿜었다.

그러나 그건 적을 제압하여 화력을 지원해 주려고 하는 게 아니라 아군에게 총질하는 것이었다.

결과적으로, 그들의 선택은 돌격하여 죽거나 후퇴하여 아군의 총에 죽거나 둘 중 하나였다.

"그런데 이게 무슨 관계가 있나요?"

"있지요. 형벌 부대를 그렇게 운영한 것은 그들이 그럴 만한 가치가 없다고 생각한 것도 있지만, 그들이 제대로 통제되지 않는다는 걸 알고 있어서지요."

형벌 부대라는 개념은 소련이 만든 게 아니다.

옛날부터 전쟁이 터지면 가장 먼저 끌려 나가는 것이 바로 죄수들이었다. 그들이 교도소나 감옥에 있다가 적의 손에 들어가면 배신하고 적에게 붙을 수 있으니까.

그렇다고 풀어 줄 수도 없으니 가장 좋은 방법은 총알받이 또는 화살받이로 전장으로 내모는 것이다.

"송억태도 마찬가지일 겁니다."

전과 4범. 조직폭력배라면 흔하게 붙는 숫자일 수도 있다.

문제는, 제대로 통제되는 녀석이라면 애초에 버려질 리 없다는 것.

"대부분이 조직의 의견과 상관없이 저지른 거지요?"

"네."

처음 한 번은 조직의 명령에 따라서 상대방 조직원을 폭행한 것이다. 그 후에 감옥으로 갔다.

그때까지는 다른 자들과 똑같다. 그게 집단 폭행 전과다.

그러나 그 후에 저지른 개인적 폭행과 과실치사를 비롯한 다른 전과들은 조직과는 관련이 없는 행동이었다.

"아무리 조직이라고 해도 그런 작자를 데리고 가지는 않지요. 특히나 양성화를 원하는 조직이라면 더더욱 말입니다."

"음……."

더군다나 전과 4범에 나이가 쉰이면 도구로서 그 수명을 다했다고 봐야 한다. 그러니 조직원이 그를 보살펴 줄 의무는 없는 것이다.

무엇보다 자신들이 부탁하거나 시킨 것도 아닌데 혼자서 저지른 범죄라면…….

"확실히 조직과 선이 끊어진 것 같기는 합니다만."

그걸 들은 고문학은 고개를 갸웃했다.

모든 게 딱 맞아떨어지는 상황이기는 하다. 그렇다면 그를 어떻게 쓴단 말인가?

"돈을 주고 매수하려고 하시는 겁니까?"

"그럴 리가요. 저 녀석이 미치지 않고서야 매수당할 리 없죠."

무려 백 명에 가까운 사람들이 죽은 사건이다. 만일 여기서 사실이 공표되면 그는 빼도 박도 못하게 사형이다.

돈을 주고 매수해서 사실을 밝히게 하는 건 어디까지나 그로 인한 피해자가 없을 때의 이야기다.

"아무리 멍청한 놈이라고 해도 그 정도로 바보는 아닐 겁니다."

그걸 공개하는 순간 자신도 사형이다.

물론 한국은 사형을 하지 않으니 사형을 언도받고 감옥에 갈 뿐 죽지는 않을 테지만……

"하지만 팔각수에서 죽이겠지요."

"그러면 쓸 수가 없지 않습니까?"

"쓸 수는 있지요."

노형진은 히죽 웃으면서 뭔가를 꺼내 들었다.

그건 흔하게 쓰이는 갈색의 대형 우편 봉투였다.

"이건?"

"증거들입니다."

"증거들?"

"네."

장만수와 한백용이 목숨을 걸고 모았던 증거들.

그 증거들의 사본이었다.

"이걸 왜요?"

"이걸 저 녀석에게 줄 겁니다."

"네에?"

고문학은 깜짝 놀랐다.

그 증거들을 경찰에 가지고 가는 것도 아니고 가해자인 송억태에게 준다니? 그건 말도 안 되는 소리이기 때문이다.

"차라리 경찰에 가지고 가는 게 어떤가요? 저 녀석이 그걸 어떻게 할지도 모르는데."

"아, 걱정 마세요. 이건 사본입니다. 원본은 당연히 따로 보관하고 있지요."

"사본이라고요?"

"네. 그리고 이건 경찰에 가지고 가 봐야 의미가 없습니다. 우리가 누굴 상대하고 있는지 잊은 건 아니시겠지요?"

"그렇군요."

자신들이 상대하는 작자들은 경찰, 그것도 영향력이 상당한 수뇌부다.

당연히 그들이 이런 사건이 들어온다고 해서 수사할 리 없다. 도리어 모든 걸 다시 은폐하려고 할 것이다.

"그리고 이 사본에는 애석하게도 정황증거만 가득하지, 실질적인 증거는 없습니다."

"으음…… 그러면 경찰에서 제대로 조사하지 않아도 뭐라고 못 하겠군요."

"네."

그 당시에는 난방 할 때 기름을 많이 썼으니, 그런 용도로 기름을 샀다고 주장하면 뭐라고 할 수도 없다.

그 당시에 증언했던 사람들은 이미 죽은 지 오래고, 설사 살아 있다고 해도 20년 전 그날의 일을 생생하게 기억하고 있을 가능성은 높지 않다.

"만일 경찰에 가지고 간다 해도 증거 부족이 나올 겁니다."

"그런가요?"

"네, 애석하게도요."

장만수가 조사한 증거는 조금씩 부족했다. 아마도 그래서 장만수도 고발까지 진행하지 못했을 것이다.

만일 증거가 확실했다면 장만수든 한백용이든 터트렸을 테니까.

그러나 그게 조금씩 부족했기에 그들은 조용히 뒤에서 수사했던 것이다.

"증거가 부족하다면 아무런 의미가 없지 않나요?"

"법적으로는 그렇지요."

"법적으로는 그렇다?"

"네. 하지만 저 인간이 법적으로 움직일 것 같지는 않은데요?"

"법적으로 움직이지 않는다? 아하!"

평생을 범죄자로 살아온 송억태다. 그가 이제 와서 갑자기 바르게 일해서 돈을 벌면서 살 수 있을 가능성은 제로라고 보면 된다.

설사 본인이 그렇게 살고 싶어 한다고 해도, 취업이 가능할 리 없다.

살인 경험까지 있는 범죄자를, 그것도 전과 4범을 써 줄 기업은 없으니까.

"배운 게 도둑질이라고 하지요."

배운 게 범죄뿐이니 그는 다른 걸 할 수 있다는 생각 자체를 하지 못할 것이고, 그렇다면 이걸 받아 들었을 때 생각할 수 있는 건 한 가지뿐이다.

"협박하려고 하겠군요."

"네."

바닥에 떨어질 대로 떨어진 그다. 더군다나 삶의 대부분을 교도소에서 보내서 세상보다 그곳이 더 익숙할 지경이다.

그렇다면 그는 본능적으로 크게 한탕을 노리게 될 것이다.

"이건 크게 한탕이 될 수 있는 건수지요."

"음……."

그 당시 뇌물을 줬던 자들이 대부분 성공했으니 당연히 그들에게서 돈을 받아 내려고 할 것이다.

"그리고 우리는 그걸 덮친다 그거군요."

"맞습니다."

협박을 받았을 때 돈을 준다는 것 자체가 그 과거의 죄를 인정하는 셈이다. 그러니 가장 확실한 증거가 될 것이다.

"하지만 다른 방식으로 대응한다면요?"

다른 방식.

그들은 폭력 조직이었고 지금도 그러한 성향을 가지고 있다. 그러니 여전히 다른 방식을 선호할 수도 있다.

"그것도 우리와는 상관없습니다. 어차피 엮어 내기만 하면 되니까요."

"저 녀석은 그걸 알까요?"

왠지 불쌍하다는 시선을 보내는 고문학이었다.

"내 알 바 아니지요."

노형진은 어깨를 으쓱했다.

"어차피 지옥으로 떨어질 놈인데."

그렇게 많은 사람을 죽이고 떵떵거리면서 사는 게 비정상
이다.

물론 자신들이 송억태를 지켜 주려고는 할 것이다. 그러나
그가 불쌍하거나 그를 구제하려고 지켜 주는 것은 아니다.

그를 지켜 주는 이유는 단 하나. 바로 그가 법의 심판을 받
을 수 있게 하기 위해서다.

"자, 그러면 잠깐 다녀오겠습니다."

노형진은 씩 웃으면서 차량의 문을 열고 바깥으로 나왔다.

"으음……."

송억태는 자신의 집에 와 있는 우편물을 보면서 침을 꿀꺽
삼켰다.

장부와 몇몇 증거들.

범죄자들은 의외로 법에 대해서 잘 안다. 그럴 수밖에 없
는 게, 나오기 위해서 스스로 법에 대해 공부하기 때문이다.

그렇기에 이 증거들이 어떻게 보일지 그는 알고 있었다.

"도대체 누가……?"

누군지 모르지만 자신의 집에 이걸 가져다줬는데, 이건 팔 각수라는 기업에 어마어마한 약점이 될 수 있었다.

"싯팔 놈들."

팔각수를 생각한 그는 절로 분노가 치밀어 올랐다.

자신이 감옥에 가자 의리고 뭐고 다 내팽개치고 단 한 번 도 도와주러 오지 않았다. 그 덕분에 남은 게 하나도 없었다.

가지고 있던 재산은 모조리 피해자들에게 빼앗겼다.

이 작은 집, 그나마도 반지하에 원룸도 노숙해 가면서 노 가다를 뛰어서 구한 것이다.

그러나 이제 체력이 떨어지는 그가 노가다를 뛰기에는 한 계가 있었다.

"이대로는 아무것도 못 하는데."

국가의 지원이라도 받아 볼 생각이었지만 그는 나이가 50 대다. 아직 노동력이 상실되지 않았다고 국가의 지원조차도 없었다.

사실 이 국가의 지원이라는 것도 웃긴 게, 노동력이 있으 면 무조건 지원을 안 해 준다. 그 와중에 일자리를 구하지 못 한다는 사실을 전혀 인정해 주지 않는다.

마치 마음만 있으면 일자리는 얼마든지 구할 수 있다는 듯 이 말이다.

"돈이 조금만 있으면……."

돈이 조금만 있으면 작은 가게라도 열어서 입에 풀칠이라도 할 수 있겠건만.

송억태는 그렇게 생각하면서 핸드폰을 들었다.

연락처라고는 몇 개 없는 핸드폰이다. 그나마도 옆방에서 쓰는 와이파이 덕분에 간신히 인터넷은 쓰고 있었다.

"돈, 돈……."

그는 그렇게 생각하면서 자신이 기억하는 몇몇을 찾았다. 그러다가 눈에서 불똥이 튀었다.

"이 새끼들이?"

자신은 이렇게 죽을 둥 살 둥 살고 있는데 자신에게 사주를 했던 작자들은 아주 편하게 떵떵거리면서 살고 있었다.

타고 다니는 차는 외제 차이고, 높은 자리를 차지하고 호령하면서 말이다.

"개새끼들."

그는 분노에 찬 눈빛으로 봉투와 그 안에서 나온 서류들을 바라보았다.

누가 이걸 줬는지는 알 수가 없다. 하지만 확실한 것은, 이것만 있으면 어쩌면 자신도 기회를 잡을 수 있을지도 모른다는 것이다.

"이번 한 번만이야……. 이번 한 번만……."

그는 침을 꿀꺽 삼키면서 천천히 봉투로 손을 뻗었다.

"청장님, 무슨 일 있으신가요?"

"아니야. 나가 봐."

"표정이 안 좋으십니다."

"나가 보래도!"

김세악이 화를 내자 어쩔 수 없다는 듯 남자는 나갔다.

그리고 그가 나가고 나자 김세악은 눈을 찌푸리면서 서류를 살폈다.

"이 개새끼. 죽였어야 하는데."

자신에게 날아온 협박.

다른 사람도 아니고 경찰청장인 자신에게 협박이라니.

"당장이라도 죽여 버릴 수도 없고…… 씨발……."

그는 머리를 부여잡았다.

"벌써 20년 전 일인데, 이제 와서 내 인생을 꼬이게 만들어? 그럴 수는 없어."

월당동 화재 사건. 그건 사전에 모의된 것이었다.

사실 모의라고 해 봐야 별거 없었다. 적당히 빈집을 불태워서 공포심을 야기시켜 그곳을 비우게 한다는 전략.

재개발만 되면 어마어마한 돈이 들어오기 때문에 그는 모른 척했고, 근무표까지 조정해서 주변을 비워 줬다.

그런데 불이 생각보다 너무 컸다.

빈집을 기준으로 해서 사방으로 퍼져 나갔고, 거기에다가 겨울인지라 난방을 위해서 사방에 기름이나 연탄이 가득 있었기 때문에 통제할 수가 없는 수준으로 불이 번졌다.

특히 비탈인 걸 생각하지 않고 기름을 들입다 부어 버린 탓이 가장 컸다.

결국 백여 명이 죽고 엄청난 재산 피해가 났다.

아차 싶었지만 그들은 자신과 한 대화를 가지고 있었고, 만일 그게 공개된다면 자신은 집단 학살 사건의 종범이 되는 셈이었다.

결국 입을 다물었고 사건은 무마되었다.

그런데 그게 갑자기 20년이나 지나서 꼬리를 잡은 것이다.

"으으으…… 씨발……."

마음 같아선 자신을 협박한 송억태라는 녀석을 죽여 버리고 싶었다.

그러나 자신은 한 번도 그런 일을 해 본 적이 없다.

더군다나 매일매일 사람들과 함께 움직이는 경찰청장이다. 자신이 직접 나서면 어떤 식으로든 꼬투리를 잡힐 수밖에 없다.

"씨발…… 씨발……."

그는 이를 악물고 중얼거렸다.

그러나 방법이 보이지 않았다. 남은 것은 단 하나.

"이 방법은 쓰고 싶지 않았는데."

물론 팔각수와는 여전히 친밀하게 지내고 있다. 같은 비밀을 가진 동지이자 같은 배를 탄 선원이니까.

　그러나 자신이 부탁을 하면 그 부탁을 들어주는 대신에 뭔가를 또 해 줘야 한다. 그건 부담이었다.

　분명히 누군가를 풀어 달라는 부탁일 텐데, 아무리 청장이라고 하지만 쉽지는 않은 일이다.

　'하지만…….'

　그러나 이번에는 선택할 수 있는 카드가 없다. 만일 여기서 물러난다면 자신의 인생은 끝이다.

　그는 심호흡을 하고 책상 서랍 가장 아래쪽에 잠겨 있는 열쇠를 풀었다. 그리고 그곳에서 핸드폰 하나를 꺼내 들었다.

　그들이 준 대포폰이었다.

　공식적인 이야기는 자신의 핸드폰으로 해도 되지만 이건 공식적이어서는 안 되는 이야기이기 때문이다.

　"곽 실장, 난데……."

　전화를 건 김세악은 천천히 상대방에게 말하기 시작했다.

　송억태는 주변을 두리번거렸다.

　어찌어찌 김세악에게 협박하고 난 후로 매일매일이 두려움으로 가득했다.

김세악이 경찰을 보내지 않았을까, 아니면 누군가를 보내지 않았을까 하는 걱정거리 때문이었다.

그리고 노형진은 그런 송억태를 바라보고 있었다.

"예상대로 협박하기는 하네."

"모 아니면 도라고 생각했겠지."

"그런데 그 뒤에 있는 팔각수는 생각하지 않고 그런 걸까?"

"그랬겠지. 하지만 그래서 협박한 걸 거야."

"응?"

"팔각수는 양성화된 기업이거든. 그리고 송억태는 그곳 출신이고."

"무슨 소리야?"

"팔각수 입장에서는 송억태를 죽이는 게 부담스럽다는 뜻이야. 만일 혼자서 움직이는 게 아니라면 송억태를 죽이는 순간 관련 자료가 공개될 테니까."

"그런데?"

"그리고 송억태의 입장에서는, 협박은 했지만 팔각수를 심하게 건드릴 정도는 꿈도 못 꿔. 자기가 무슨 꼴을 당하게 될지 아니까. 아마 협박 금액도 잘해 봐야 2억에서 3억일걸."

"응? 고작?"

"고작이 아니야. 그 정도면 송억태는 먹고살 만큼 자리는 잡을 수 있어. 반대로 현재의 팔각수의 입장에서는 별거 아닌 돈이지."

살인은 할 수 있겠지만 그 정도 위험을 감수할 수준의 돈은 아닌 것이다.

"하지만 협박은 한 번으로 안 끝난다며? 지난번에 그랬잖아."

노형진은 성화를 날리면서 그 당시 범죄 기록을 야쿠자에게 건넨 적이 있다. 그들이 협박하면서 내부에서 붕괴시킬 거라 말하면서 말이다.

"그건 어디까지나 협박하는 사람들이 갑일 경우지."

"응?"

"이런 경우는 협박당하는 사람이 갑이야. 죽일 수도 있는 사람들이니까."

"그 말은……?"

"협박이라기보다는 거래에 가까워."

이러한 정보가 있다, 그러니 나한테 돈을 주고 그걸 사라, 나는 그 대신에 입을 다물겠다, 이런 내용이라는 뜻이다.

협박과는 좀 다르기는 하지만, 어찌 되었건 강제적으로 거래에 응하게 하는 방식이니 협박이기는 하다.

"거래라……. 특이하네."

"아직은 더 배워야 할 거야."

노형진은 그냥 웃고 말았다.

대부분의 경우 협박은 피해자가 절대적 을이다. 하지만 가끔은 피해자가 절대적 갑인 경우가 있다.

그런 경우에는 협박하는 범죄자도 그들을 심하게 건들지

는 않는다. 갑이 빡 돌아 버리면 답이 없기 때문이다.

"이렇게 생각하면 편해. 뒷수습 비용보다는 협박으로 주는 돈이 더 싸다."

"아하!"

"보통은 블랙메일러들이 많이 쓰는 방식이지."

가령 특정 식품에 독극물을 넣겠다는 협박을 하는 녀석들이 있다.

피해자인 기업의 입장에서는 그걸 공표할 경우 떨어지는 매출과 반품되는 물량을 생각하면 어마어마한 피해다. 그래서 차라리 돈을 다소 주고 막는 경우도 있었다.

문제는 그 후에 그런 놈들이 많아지면서 상황이 바뀌었다는 것.

한번 주자 개나 소나 그런 식으로 협박하기 시작했다는 것이다.

결국 그 후에는 돈을 주느니 차라리 신고하는 식으로 바뀌었다.

"결국은 미묘한 균형의 차이지."

"음……."

"사실 송억태가 그걸 터트려도 지금의 팔각수에는 그걸 무마할 수 있는 능력이 있어. 하지만 그러기보다는 송억태에게 돈을 주고 거래하는 것이 더 이득이라는 거지."

그리고 그 순간을 노리기 위해서 자신들은 송억태를 감시하고 있는 것이다.

물론 송억태의 입장에서는 억울하겠지만 말이다.

"움직이나 봅니다."

주변을 두리번거리면서 나오는 송억태의 모습에 운전석에 있던 고문학이 나지막하게 말했다.

"약속을 잡은 모양이군요."

"그렇겠지요. 그렇지 않다면 이렇게 늦은 시간에 나오는 건 말도 안 되지요."

그렇게 서로 대화하는 사이 송억태는 바깥으로 나가서 버스를 타고 어디론가 향했다.

그 버스를 쫓아가던 노형진은 송억태가 내려서 찾아가는 장소를 보면서 피식 웃었다.

"이거 참, 도대체 왜 이렇게 뻔한 수법을 쓰는 건지."

도착한 장소는 아무도 없는 공원이었다. 송억태는 그 주변을 두리번거리면서 살피고 있었다.

"저건 누구지?"

그리고 좀 떨어진 곳에 검게 선팅을 한 차량이 서 있는 게 보였다.

"팔각수의 사람이겠지."

"김세악이 아니고?"

"김세악은 협박, 아니 거래의 대상일 뿐이야. 엄밀하게 말하면 이 모든 걸 무마하려고 하는 건 팔각수니까."

아마도 송억태는 그걸 예상하고 있었던 모양이다. 그렇지 않다면 저렇게 담담하게 다가갈 리 없었다.

"가는군."

"잘 찍고 있지?"

"네."

카메라를 든 직원은 조용히 말했고, 집음 마이크를 통해서 모인 그들의 대화가 스피커에서 흘러나오고 있었다.

─오랜만이구나.

차량에서 나온 남자의 목소리.

그에게 답하는 송억태의 목소리에는 힘이 없었다.

─형님.

─네놈은 방출되었으니 형님이라 불릴 이유도 없지.

─하지만 형님은 형님이지 않습니까?

─그걸 아는 놈이 협박을 해?

─저도 그러고 싶지 않았습니다. 하지만 저도 먹고살아야 하지 않습니까? 조직에서 절 버리지만 않았어도…….

─네놈이 제멋대로 사고를 치고 다니지 않았느냐? 그때도 모른 척하고 그냥 넘어가라고 했지?

─절 보고 야리는데…….

-야리기는 뭘 야려! 그냥 눈 마주친 걸 가지고 시비를 먼저 건 건 너 아냐! 왜 우리 조직이 네가 저지른 문제를 떠넘겨 받아야 하지?

　-…….

　아마도 할 말이 없는 건지, 송억태는 아무런 말도 하지 못했다.

　실제로 그는 입술을 깨물고 있었다. 형님의 말이 맞기 때문이다.

　자신이 술에 취해서 일방적으로 폭행한 것뿐이다.

　조직폭력배의 폭행은 여러모로 곤란하기 때문에 팔각수의 입장에서는 어쩔 수 없이 그를 버려야 했고, 그는 개인 폭행으로 감옥에 갔다.

　-그래서 동생 취급도 안 해 주시겠다는 겁니까?

　-동생 노릇이나 하고 말해라.

　-크윽.

　-우리가 이렇게 덕담이나 나누러 온 건 아닐 텐데?

　-그렇지요. 어차피 이렇게 된 거, 빨리빨리 끝내고 가는 게 좋겠네요.

　송억태는 입술을 깨물었다.

　어차피 버려진 삶이다. 자신이 할 수 있는 것은 여기서 돈을 받아 작은 가게를 열어서 운영하는 것뿐이다.

그거면 최소한 굶어 죽지는 않을 거라 그는 생각했다.

-여기 있습니다. 주변에 사람을 두지는 않았지요?

-고작 3억 가지고 그런 위험한 짓은 하지 않는다. 너도 이게 마지막이겠지?

-네.

그는 봉투를 건넸고, 상대방 남자는 제법 커다란 007 가방을 그에게 건넸다.

-현금이다.

가방을 받아 든 송억태는 침을 꿀꺽 삼켰다. 그리고 서둘러서 챙겼다.

-형님. 나중에 봅시다.

그는 혹시나 주변에서 자신을 습격할까 무서워하면서 서둘러서 그곳을 떠났다. 아니, 떠나려고 했다.

하지만 노형진이 이 순간을 그냥 마냥 기다리지는 않았다.

"꼼짝 마! 검찰이다!"

갑자기 여기저기서 일어나는 사람들의 모습에 그들은 당황해서 어쩔 줄 몰라 했다.

"현장을 발각했습니다. 당장 증거를 확보하고⋯⋯. 어어? 이 새끼들이 어디로 튀어? 잡아!"

그들이 튀기 시작하자 검찰 요원들은 다급하게 그들을 뒤쫓기 시작했다.

그러나 팔각수 측 남자는 이미 차량을 타고 도주하고 있었고, 송억태 역시 필사적으로 뛰어서 공원을 벗어나고 있었다.

검찰은 서둘러서 그들을 쫓으려고 했지만 따라갈 수는 없었다.

"나이스 타이밍."

노형진은 그들이 튀어나오는 장면을 보면서 싱긋 웃었다.

얼마 지나지 않아서 그들을 놓친 검사가 다가왔다. 그런데 그 검사는 의외로 진짜 검사가 아니라 김성식이었다.

"끄응⋯⋯ 이 짓거리도 이제는 못 해 먹겠네."

"하하하."

"하하하가 아니야. 몸을 너무 안 움직였나 보군. 운동 좀 해야겠어."

"나중에 하세요. 그런데 그들은 도망갔나요?"

"당연히 도망갔지. 애초에 잡을 계획도 없었는걸."

검찰이라고 소리 지르기는 했지만 진짜 검찰은 아니다.

사실 검찰을 끼는 순간 자신들이 추적하고 있다는 것이 알려지는 셈이니 진짜 검찰을 부르는 것은 시기상조였다.

"잘하셨습니다. 이제 증거를 언론에다가 뿌리는 일만 남았군요."

"잘될까?"

"잘될 겁니다."

노형진은 씩 웃었다.

"작전은 끝났어. 이제 이걸 언론사에 보낼 거야. 언론사에서는 적절히 소설을 써서 방송해 줄 테고 말이야."

노형진은 싱긋 웃으면서 복사된 증거들이 있는 서류 봉투를 흔들었다.

물론 철저하게 익명으로 보낼 테고 또 추적도 방지하기 위해서 비비 꼬아서 보낼 테니, 뒤에 새론이 뒤에 있다는 것은 누구도 생각하지 못할 것이다.

"뭘 이렇게 복잡하게 해?"

"너무 오래된 증거라 증거로 쓰려면 그 가치를 증명해야 하니까."

만일 그냥 됐다면 조작이라고 했을 것이다.

그러나 협박을 해서 실제로 그걸 팔각수에서 사려고 한 모습이 찍혀 있으니, 아무리 20년 전 증거라고 하지만 그 가치가 인정받을 수밖에 없다.

"그런데 너무 조용한 거 아니야?"

손채림은 나머지는 다 이해가 가지만 그 점만은 이상한 듯 고개를 갸웃했다.

팔각수와 송억태가 도망친 지 일주일이 지났다. 그런데 그들은 아직도 움직이지 않고 있었다.

"아마도 송억태는 겁을 잔뜩 먹고 튀고 있을 테고, 팔각수는 검찰 쪽을 파고 있겠지. 우리가 그때 검찰이라고 하면서 나섰으니까."

"그런가?"

"그래. 어떻게 해서든 무마해야 하니까 언론사는 의외겠지만."

"하지만 그것만으로는 증거가 부족하다며?"

분명히 그랬다. 정황증거로서는 훌륭하기는 하지만 명확한 증거로서는 효과가 부족하다고.

"알아. 그래서 그날 촬영을 한 거고. 그리고 이렇게 해야 송억태가 배신할 테니까."

"그게 무슨 소리야?"

"어찌 되었건 그날 일은 파토가 났어. 그리고 송억태는 돈도 못 가지고 도망갔지."

"그런데?"

"여기서 만일 누군가가 언론사에 찌르면 어떻게 될까?"

"그러면······."

손채림은 조용히 그 상황을 생각해 봤다.

그런 상황이 된다면 팔각수는 뭐라고 할까?

"송억태를 의심하겠네."

"빙고."

돈도 가지고 가지 못했고 증거도 가지고 있는 건 그뿐이다. 그러니 뿌린 사람은 당연히 송억태라고 생각할 것이다.

"그리고 그동안의 그들의 행동을 보면, 사실상 다음 행동은 결정되어 있지."

"죽이려고 하겠구나."

고개를 끄덕거리는 노형진.

아마도 자신을 속였다고 생각하면서 송억태를 죽이려고 할 것이다.

"그런 상황에서 제일 안전한 곳은 어디겠어?"

"어딘데?"

"감옥."

"아하!"

물론 감옥에 간다고 해서 완벽하게 안전한 것은 아니다.

하지만 다른 죄수들과 격리해서 둔다면 최소한 팔각수가 보낸 사람이 그를 죽이지는 못한다.

"결국 송억태는 살기 위해서 감옥에 가려고 하겠네."

"아마도 그러겠지."

해외에 나가고 싶겠지만 전과가 있으니 해외로 도망가는 것은 불가능하다. 그렇다고 국내에서 도망 다니는 것도 힘든 게, 본인이 팔각수, 아니 아태파 시절부터 알고 지냈으니 그들이 얼마나 무서운 작자들인지는 누구보다 잘 알 것이다.

결국 살기 위해서는 자수하는 수밖에 없다. 그러면 당연히 그 과정에서 사건에 대해 진술할 수밖에 없을 테고, 결국 수십 년 동안 은폐된 진실이 수면 위로 드러나게 될 것이다.

"정황증거는 정황증거일 뿐이야. 하지만 자백이 붙어 버리면 그 파괴력은 상상 이상이 되지."

노형진은 그렇게 말하면서 마지막 봉투를 봉했다.

"그래서 송억태한테 사본을 준 거구나."

"맞아."

송억태가 받은 서류는 사본이다. 당연히 그가 통째로 팔각수에게 건넸다고 해도, 팔각수의 입장에서는 사본을 주고 원본을 감추고 있다고 생각할 수밖에 없다.

"삼중 함정이라······."

결국 그들은 무슨 선택을 하든 벗어날 수 없는 구조인 셈이다.

"그러니 이제는 마무리만 하면 돼."

아무리 팔각수라고 해도 이건 막을 수 있는 수준의 스캔들이 아니다.

그리고 그게 드러나는 순간 의뢰인 아버지의 누명은 벗겨질 것이다.

"이번 사건은 법적으로 그다지 할 수 있는 게 없네."

"20년이나 지난 사건이니까."

노형진은 어깨를 으쓱했다.

"뭐, 그래도 다행인 건 상대적으로 쉽게 끝났다는 거지, 상대적으로."

노형진은 그렇게 믿었다.

그러나 싸움은 아직 끝난 게 아니었다.

⚖️

"반응이 없어?"

"응."

증거를 보낸 지 일주일. 어떤 언론사도 반응이 없었다.

방송국이나 신문사, 심지어 노형진과 친밀한 인터넷 언론사까지 철저하게 입이 막혀 있었다.

"이게 어떻게 된 거야?"

"나도 몰라. 하지만 관련된 사건은 전혀 나오지 않고 있다고."

"말이나 돼?"

무려 수백 명이 불에 타 죽은 최악의 살인 사건이다. 그런데 그걸 언론사가 그냥 둔다? 말도 안 된다.

"도대체 왜?"

"팔각수가 그 정도로 힘이 강해?"

"그 정도로 힘이 강할 리가 없잖아!"

이런 뉴스라면 아무리 오래된 것이라고 해도, 팔각수가 아니라 대룡이라고 해도 막을 수 있는 수준이 아니다.

"그러면 대룡보다 더 강한 힘을 가진 누군가여야 한다는 건데, 그런 게 누가 있는데?"

"글쎄……."

성화를 꺾고 거대 기업으로 우뚝 선 대룡조차도 못 할 일을 할 수 있는 곳이라면 도대체 누구란 말인가?

그 대답은 뒤쪽에서 들려왔다.

"돈보다는 권력이라면 이야기가 달라지지요."

"안기부 씨!"

안기부.

인터넷 언론사의 사주로, 노형진과 친밀한 관계를 가진 사람이다.

그는 노형진과 함께 투명한 인터넷 언론을 만들려고 했고 어느 정도는 성공하기도 했다.

사실 본명은 다른 이름이지만 정부를 비꼬기 위해서 자기 이름을 안기부라고 것이다.

"여기까지는 왜?"

"핵폭탄을 던져 드리러 왔습니다."

"핵폭탄이라고 하시면?"

싱글거리면서 웃는 그 얼굴을 보면서 노형진은 등골이 오싹했다.

'이럴 사람이 아닌데?'

그럴 수밖에 없는 게, 그는 성격이 특이해서 상대방이 강할수록 웃는 버릇이 있기 때문이다. 이 정도로 싱글거리면서 웃고 있다면, 이건 도무지 답이 안 보일 정도로 높다는 뜻이리라.

"기업의 힘은 광고죠. 결국 그들의 마음에 안 드는 뉴스를 내보내 봐야 광고가 잘리는 정도입니다. 뭐, 그 정도도 위험하기는 합니다만."

"그런데요?"

"하지만 언론사의 생명을 쥐고 있는 사람이라면 이야기가 달라지지 않을까요?"

"그게 무슨 말씀이십니까?"

"최재철이라면 그럴 만하죠."

노형진의 얼굴이 어느 때보다 딱딱하게 굳었다.

"최재철요?"

"네."

"최재철이라고 하면……."

"현 방통위원장이죠. 그리고 현 정부의 최대 실세이고 2인자라고 불리고 있으며 또 부패의 제왕, 대통령의 그림자, 어둠 속의 대통령 등등. 더 해 드릴까요?"

"아니요."

한숨부터 나오는 노형진이었다.

최재철. 그 인간이라면 모든 언론의 아가리를 틀어막을 수 있다.

물론 이 사건이 지금 일어난 일이라면 턱도 없는 소리겠지만 무려 20년 전 사건이다.

20년 전 사건을 굳이 내보내서 현 방통위원장이자 정부의 실세를 건드리고 싶은 사람은 없으리라.

"다른 곳은 그렇다고 치고 인터넷 언론까지 그럽니까?"

"저희는 하려고 했죠."

"그런데요?"

"담당 기자가 국정원 방문을 받았네요. 그리고 담당 기자 아버지가 갑자기 구속되었어요."

"이유가 뭔데요?"

"가게를 하는데 더럽다고 하대요. 식품법 위반이라는데, 본 적도 없는 오래된 식품이 냉장고에서 나왔네요. 그리고 정부에서 해당 가게에 대한 세무조사도 시작했고."

"미친."

손채림은 입을 쩍 벌렸다.

이건 아주 대놓고 아가리를 틀어막겠다는 뜻이다.

"상황이 이러니 아무도 사건을 담당하려고 하지 않아서요."

"……."

어깨를 으쓱하는 안기부.

"저도 그래서 인사 겸 겸사겸사 나왔습니다."

"겸사겸사?"

"경찰에서 출두 명령이 나왔거든요. 허위 사실 유포라는데, 들어가면 구속될 것 같아서요."

마치 아무것도 아닌 것처럼 말하는 그의 말을 들으면서 손채림은 사색이 되었다.

도대체 이 사건이 뭐기에 이렇게 정부에서 언론을 말려 죽이려고 한단 말인가?

"도대체 왜 그러는데?"

"그 사람이라면 그러고도 남을 사람이야."

"뭐? 그걸 어떻게 알아?"

"아주…… 죽을 만큼 잘 알지."

노형진은 이가 부서질 만큼 이를 강하게 물었다.

'최재철……. 그래…… 그런 인간이었지.'

최재철. 지금은 방통위원장이지만 미래에 대통령이 되는 자. 그리고 권력의 화신.

'그리고 날 죽인 놈.'

그는 대통령이 된 후 노형진이 사돈의 회사에 소송한다는 걸 알고는 서슴없이 국정원 요원을 보내서 죽이도록 명령했다.

그에게 사람의 목숨이란 파리 목숨 이하였다. 최소한 파리는 귀찮게만 하지 않으면 죽이지 않으니까.

"그에 대해서 잘 아시나 봐요?"

"잘 알지요, 여러분이 아는 것 이상으로."

그가 대통령이 되고 난 후 나라가 망가지는 것도 망가지는 것이지만, 의문사가 어마어마하게 늘었다. 그리고 그 의문사 중 한 명이 바로 노형진이었다.

'알아챘어야 하는데⋯⋯.'

그의 방식은 간단하다. 초토화.

상대방이 거슬리면 말 그대로 씨를 말려 버린다.

단순히 본인만 죽이는 걸 넘어서 형제와 부모, 자식들, 친척들까지 모조리 피를 말린다.

가령 누군가 사회운동을 하면 최재철은 그를 직접적으로 죽이는 게 아니라 아버지와 형제, 자매 그리고 사촌들까지 한 명씩 괴롭혀서 그가 스스로 죽게 만든다.

실제로 기자 한 명이 정권에 쓴소리를 자주 하자 그의 사촌이 하는 분식집이 위생 검사와 세무조사를 받았고 결국 망했다. 그리고 재취업은 실패했고, 여는 가게마다 세무조사와 위생 검사가 매주 따라다녔다.

그의 형은 회사에서 해직당했으며, 그의 아버지는 갑자기 채무 연장이 거절되어서 전 재산을 압류당했다.

심지어 기자의 아들은 학교에서 갑자기 온갖 방식의 불이익을 다 당했다.

예정되어 있던 대회에도 나가지 못하고, 상도 받지 못했으며, 상이 없다는 이유로 높은 성적에도 불구하고 대학에 입학하지 못했다.

해외로 이민이라도 가려고 했지만 석연치 않은 이유로 여권이 취소되면서 그마저도 실패했고, 결국 그 기자가 자살하고 나서야 그 모든 것이 멈췄다.

그가 한 말은 단 한마디뿐이었다.

'참 나쁜 사람이네요.'

그 한마디에 수십 명의 인생이 나락으로 떨어진 것이다.

'나도…… 그때였다면…….'

그 당시 노형진은 부모님도 돌아가시고 누나도 죽은 후였다. 가족이라고는 평소에 연락도 안 하는 먼 친척이 있을 뿐이었고, 더군다나 미국에서 오래 살다 와서 친한 사람조차도 없었다.

'그러고 보니…….'

그 당시에도 그랬다.

아무리 대통령의 사돈이라고 하지만 단 한 명도 소송해 주지 않는다는 건 말도 안 된다. 그런데 실제로 그런 일이 일어났고, 그래서 노형진이 소송하러 한국으로 돌아왔던 것이다.

미국에서 살았지만 한국의 변호사 자격증이 있었으니까.

'누구도 소송하지 않으려던 이유가 그거였나.'

이제 와서 생각하니 아마도 변호사들은 그런 걸 알고 있었을 테니 소송을 거부했을 것이다. 죽고 싶지는 않았을 테니까.

"일단 최재철이 여러분을 의심하지는 않고 있습니다만, 조심하세요. 위험한 사람입니다."

다른 사람도 아니고 안기부가 그렇게 말할 정도면 진짜 위험한 거다. 국정원을 놀리기 위해서 이름까지 개명할 정도인 그가 위협을 느끼다니.

"한 1년 정도 감방에 갈지도 모르지만."

어깨를 으쓱한 그는 몸을 돌려서 밖으로 나가면서 말했다.

"어쨌든 조심하세요. 그 녀석이 여러분을 노리고 있습니다."

최악의 악연에, 노형진의 입이 절로 꾹 다물리고 있었다.

최악의 악연

"최재철이라……."

김성식 역시 이야기를 듣고 얼굴이 딱딱하게 굳었다.

"상대가 너무 안 좋군."

"그에 대해서 아십니까?"

"모를 리가 있나. 그가 어떻게 권력을 잡고 어떻게 보복하는지 모르는 정치권 사람은 없을 걸세. 그가 왜 방통위 자리에 앉아 있는데."

"글쎄요."

무태식은 고개를 갸웃했다.

그 정도 권력을 가진 사람이라면 다른 자리에 있어도 된다. 그런데 방통위라니?

물론 노른자위 자리이기는 하지만, 그렇다고 핵심 보직인 건 아니다.

"권력을 쥐기 위해서는 언론을 통제하는 게 1순위이니까요."

언론이 빨아 주기만 한다면 국민들은 좋게 생각한다. 그리고 그 힘으로 권력을 쥘 수 있다.

자신의 반대파에게 보복하는 것.

그건 현실적으로는 정치 보복이지만 언론에서 빨아 준다면 카리스마가 된다.

"그런 걸 가장 잘하는 게 최재철이야. 그래서 현 대통령이 그를 거기에 꽂아 둔 거지."

'끄응…….'

"임기가 얼마나 된다고?"

"임기가 문제가 아니야."

"응?"

"임기가 문제가 아니라 미래가 문제야."

가령 지금 자기네 파로 모조리 바꿔 두면 앞으로 누가 정치인이 되든 대통령이 되든, 언론은 자기네 파만 지원해 주게 된다.

물론 그다음 사람이 개혁을 하려고 할 수는 있지만 자기네 파 사람들이 그걸 그냥 두고 볼 리는 없으니, 천하의 나쁜 놈으로 모욕해서 정치적으로 사망하게 만들 수도 있다.

"교육이 20년 대계라고 한다면 방송 역시 마찬가지야. 다만 다른 점은, 교육은 즉효성이 떨어지는 반면 방송 언론은 즉효성을 가지고 있다는 거지. 아무리 좋은 사람이라고 해도 언론에서 매일같이 욕해 봐. 그 사람이 어떻게 되나."

"……."

손채림은 부정할 수가 없었다. 실제로 그런 사례를 흔하게 봤으니 말이다.

가령 모 연예인의 경우 평생에 걸쳐서 수십억을 기부했는데 어느 순간 탈세로 몰려서 인생이 망가졌다.

그런데 나중에 나온 조사 결과, 탈세한 적도 없고 관련 내용도 없었다. 다만 그의 일을 담당하던 세무사가 실수로 일부 누락한 것이 다였다.

그러나 언론은 그를 천하의 개쌍놈으로 취급했고 진실이 나온 후에는 단 한 번도 이야기하지 않았다.

결국 그는 그가 한 수많은 선행에도 불구하고 사람들에게 천하의 개놈으로 기억되었다.

"결국은 언론도 권력 집단이니까 권력을 가진 자들을 자기네 사람들로 박아 두면 유리하지. 그리고 자네도 알다시피 언론은 절대로 사과나 반성을 하지 않네. 그렇게 되면 자기의 정당성을 잃어버린다고 생각하거든."

"그건 권력도 마찬가지겠군요."

노형진은 안타깝다는 듯 말했다.

그때 그 말을 듣던 손채림은 고개를 갸웃했다.

"그러면 기존에 있던 사람들이 저항 안 해요?"

"하겠지. 하지만 그들은 집단이 아니야. 그러니 저항력이 떨어지지. 그에 반해서 최재철이 심어 두는 작자는 집단이지. 그러니 저항의 수준이 다를 수밖에"

물론 진정한 언론인들은 저항할 것이다. 하지만 최재철은 그런 걸 파괴하는 게 주특기이다.

"거기에다 그 녀석 사이코패스 기질이 좀 심해."

"그게 무슨 소리야?"

"남에게 욕먹는 걸 전혀 신경 쓰지 않는다는 거지."

사이코패스가 무서운 게 뭐냐 하면, 현재가 아니라 미래를 보면서 현재 욕먹는 걸 전혀 신경 쓰지 않는다는 것이다.

실제로 그는 지금 권력을 다지고 자기 사람들을 박아 넣어서 모든 것을 자기 손아귀에 넣은 후에 그걸 기반으로 대통령이 되는 데 성공한다.

"그들은 장기적으로 확실한 플랜을 짜는 데 능해. 당장 표와 인기에 연연하는 정치인들하고는 다르지."

"무섭네."

"그래, 그래서 더 무서운 거야."

당장 누구 하나 자살하게 괴롭히는 것은 문제가 될 수 있다. 하지만 자기가 틀어막을 수 있을 정도만 하면서도 상대방을 자살시키는 방법은 많다.

그런 식으로 재갈을 물리고 자신을 칭송하는 자만 남겨서 그는 그들의 전폭적인 지지를 받는 데 성공한다.

"그걸 그냥 둬?"

"합법적이니까. 그 녀석도 합법을 아주아주 좋아해. 다만 자기 유리할 때만."

"유리할 때만?"

"그래."

가령 분식집은 카드보다는 현금이 더 많이 들어온다. 그러면 완벽하게 수익을 신고하기보다는 대충 신고하는 것이 보통이다.

그걸 조사해서 탈세로 죽여 버리는 것이다.

"합법적인 거지."

"분식집을 누가 탈세로 조사해?"

"그건 분식집이 아니야. 그냥 상대방을 죽이기 위한 도구지."

송정한은 고개를 끄덕거렸다.

"그래서 그 녀석과 척지려고 하는 사람은 드무네. 특히 언론 쪽은 없다고 보면 돼."

그런 그가 나서서 입을 다물도록 압력을 행사했으니 제대로 언론에 나가지 않을 수밖에 없다.

"도대체 왜……."

노형진은 그 부분이 이해가 안 갔다.

아무리 그가 권력의 핵심이라고 해도 자신과 상관이 없다면 신경을 쓸 리 없다.

성화가 망할 때도 그는 그다지 신경을 쓰지 않았다. 그런데 성화보다 훨씬 작은, 그 규모에서부터 비교 자체가 안 되는 팔각수를 왜 지키려고 하는지 이해가 가지 않았다.

그런데 그 문제에 대한 답을 고문학이 가지고 왔다.

"그 부분은 제가 알아낸 것 같습니다."

"뭔데요?"

"최재철이 정치를 시작한 장소가 어딘지 아십니까?"

"그건 잘……."

그가 정치를 시작한 게 언제인지도 모르는데 그가 어디서 시작했는지 알 리 없지 않은가?

"월당동 인근 지역 선거구입니다. 정확하게는 월당동을 포함, 세 개 동이 속해 있는 선거구였지요."

"월당동?"

노형진은 갑자기 소름이 쫙 돋았다. 설마 하는 생각이 들었다.

월당동 화재 사건. 그리고 그곳에서 벌어진 살인 사건과 은폐 시도…… 그리고 그곳에서 시작된 최재철의 정치 인생.

"네. 25년 전에 처음으로 해당 지역에서 국회의원으로 정치 인생을 시작했습니다. 월당동 사건이 터질 때 그는 2선 의원이었지요."

"이런 개새끼!"

무태식이 분노한 듯 소리를 버럭 질렀다.

그럴 수밖에 없는 게, 월당동에서 20년 전에 있었던 일과 정치를 생각하면 최재철과 아태파의 관계를 연상하는 건 어려운 일이 아니니까.

"역시나 그랬나?"

"역시나요?"

김성식도 뭔가 알겠다는 듯 한마디 거들고 나섰다.

"자네들도 범죄와의 전쟁 알지?"

"알죠."

과거 어떤 대통령이 한국의 범죄 조직을 싹 쓸어버리겠다고 나선 일이 있었다.

이런저런 욕도 많이 먹고 독재자라고 힐난의 대상이 되기도 했지만, 어찌 되었건 그 범죄 조직과의 전쟁은 칭찬할 만한 일이었다. 그 이후에 확실히 치안은 좋아졌으니까.

그래서 요즘도 많은 사람들이 다른 건 몰라도 범죄와의 전쟁을 한 번 더 했으면 좋겠다고 하는 판국이었다.

"그 당시 대부분의 폭력 조직은 사라졌네. 특히나 전국구급은 싹 쓸렸지. 그런데 왜 아태파는 남아 있을 것 같나?"

"네?"

그러고 보니 그렇다.

아태파는 확실히 양성화되기는 했지만 어찌 되었건 폭력 조직이었다. 그리고 그들이 양성화 과정을 거친 건 그 범죄와의 전쟁 이후다.

"그들은 정치 깡패였다네."

"정치 깡패요?"

"그래, 그 당시에는 흔하게 벌어지는 일이었지."

정치 깡패란 정치인들과 결탁해서 권력을 나누고 그들의 반대파나 반대 지지자들에게 폭력을 행사하는 집단이다. 지금으로 보면 정부의 극단적 지원을 받는 관변 단체 같은 존재였다.

"으음……."

정치 깡패이다 보니 범죄와의 전쟁에서 살아남을 수 있었고, 그 후에도 생명을 이어 가기 위해서 양성화를 했다면 이해가 간다.

"그런데 자네도 알다시피 그 범죄와의 전쟁 중에 정치 깡패들 자리가 많이 없어졌지."

"그런가요?"

"아, 자네는 모르겠군."

김성식은 그 당시에 대해서 차분히 설명해 줬다.

그 당시에는 정치 깡패들이 많았다. 그러나 범죄와의 전쟁은 그들을 특별히 봐주지 않았다.

아태파가 살아남을 수 있었던 것은 집권당의 정치 깡패였다는 점과 어마어마한 뇌물을 썼다는 점 덕분이었다.

"그러니 자연스럽게 정치권과도 거리가 멀어지지. 그러면 자네라면 어떻게 하겠나?"

"어떻게 해서든 다시 선을 만들려고 하겠지요."

"하지만 기존의 방식과는 달라지겠지."

다들 고개를 끄덕거렸다.

목적에 따라서 한순간 버려질 수 있다는 걸 안 이상 좀 더 확실한 선을 만들려고 했을 것이다.

"돈은 넘치니……."

"국회의원을 만든 거군요."

월당동에서 벌어들인 돈은 어마어마하다.

어차피 그 지역에서 오래 살던 사람들은 모조리 쫓겨났다. 거기에다 지역 주민들은 재개발의 수익에 취해 있을 때였다.

"재개발 회사가 밀어주는 사람이 국회의원이 되는 것도 어려운 일은 아니었을 테지."

"……."

그러면 모든 카드가 딱딱 맞아떨어진다.

최재철은 아태파의 돈을 받아서 정치인이 되었다. 그리고 그 와중에 월당동 화재 사건이 터졌을 것이다. 정치인으로서 그는 그걸 방조하고 뒷수습에 참여했을 테고 말이다.

그 당시만 하더라도 그와 팔각수는 한 몸이나 마찬가지였을 테니까.

"그래서 막는 거군요."

아무리 그가 권력이 강하다고 하지만 백 명이 넘는 사망자가 발생한 사건의 주범이라는 사실이 알려진다면 그는 말 그대로 나락으로 떨어질 수밖에 없다.

"그리고 그의 행동도 이해가 가네."

"어떤 행동요?"

"그가 즐겨 하는 초토화 전술 말이야."

"네? 그게 이해가 간다고요?"

"그거, 폭력배들이 건물 빼앗을 때 많이 쓰는 방식이야."

"네에?"

"에? 김 변호사님! 그게 무슨 말씀이십니까?"

"말 그대로일세."

폭력배들은 돈이라면 뭐든 다 한다. 그중 하나가 바로 멀쩡한 건물을 빼앗는 것이다.

물론 건물주의 입장에서는 안 주려고 버티기 마련이다.

그럴 때 그들이 쓰는 방법이, 바로 주변에서부터 차근차근 말려 죽이는 것이다.

건물에 들어가 있는 가게의 영업을 방해하거나, 집기를 부수고 자리를 차지하고 나가지 않는다거나, 가족이나 친지를 따라다니면서 지속적으로 괴롭히는 것.

그리고 그 방법은 다름 아는 최재철이 즐겨 쓰는 방식이었다.

"그걸 어디서 배웠나 했더니……."

결국 아태파로부터 배웠다는 소리다.

하지만 여전히 의문점은 남아 있다.

"하지만 최재철은 한국대를 나온 수재 아닌가요? 아무리 봐도 폭력 조직과는 거리가 있어 보이는데."

무태식은 이야기를 하면서 고개를 갸웃했다.

한국대를 나온 수재가 뭐가 아쉬워서 그들의 아래로 간단 말인가?

"아, 무 변호사는 잘 모르겠군."

"네?"

"노 변호사는 알지?"

"네? 뭘 말입니까?"

"아태파 내부에 있는 또 다른 조직."

"아!"

아태파는 양성화를 위해서 내부에 폭력 조직이 아닌 다른 형태로 팀을 구성하고 있었다고 했다.

그들은 양성화를 위해서 지식층으로 구성되어 있다고, 사건 초반에 분명히 김성식이 말했다.

"그렇다면……."

"내 생각에는 최재철이 그곳 소속이 아니었나 하네."

그들의 지원을 받아서 국회의원이 되었고, 권력의 핵심에 다가갔다.

하지만 그가 권력에 다가가는 것에 반해서 아무래도 팔각수의 성장은 느렸고, 이제는 서로가 좀 소원해졌을 것이다.

그러나 그렇다고 해도 최재철이 아태파와 팔각수로 이어지는 조직의 역사에서 큰 흐름을 차지한다는 것은 부정할 수 없는 사실이다.

"그래서 그런 거군요."

월당동 사건이 발각되면 자신도 곤란하니 어떻게든 막으려고 하는 건 뻔한 일.

"최악의 적이 생긴 것 같군."

김성식의 말에 누구도 부정하지 못한 채로 침묵을 지켰다.

노형진은 컴컴한 사무실에서 불도 켜지 않은 채로 고민하고 있었다.

다시는 만날 일이 없었던, 그래서 신경을 쓰지 않았던 작자와 다시 부딪치게 될 줄이야.

"고민이 많은가 봐?"

문이 열리면서 어둠 너머에서 들리는 목소리.

"고민이지."

"네가 도망갈 사람은 아니잖아?"

"도망이라. 한국에 살면서 그 녀석의 손아귀에서 도망갈수 있을까?"

"응?"

"그런 게 있어."

그는 대통령이 된다. 아니, 될 사람이다.

그리고 나라를 제대로 망쳤다.

도대체 어떻게 이런 사람이 정치를 했는지 신기할 만큼 그가 가진 것은 재능이 아니라 권력욕뿐이었고, 대통령이 된 후에는 오로지 자신만을 위해서 정치를 했다.

"도망가고 싶은 게 아니라면 왜 그렇게 고민하는 거야?"

손채림은 문 안으로 들어오면서 말했다.

"사실대로 말하면, 도망가고 싶어."

"의외네."

"어떻게 보면 성화보다 더 위험한 녀석이 그 녀석이야."

"그 정도야?"

"그래."

최소한 성화는 사람 목숨을 파리 목숨으로 알지는 않는다.

물론 뭔가를 하다가 사람이 죽는 건 무시하지만, 뭔가를 하기 위해서 사람을 죽이는 것은 가장 나중에 선택하는 최악의 선택 중 하나다.

"하지만 이 녀석은 달라."

최재철은 일을 시작할 때 죽인다는 선택지를 기본으로 두고 시작하는 인간이기에 필요하다면 주저하지 않고 죽여 버린다.

"협박이 무서운 건, 협박을 한 후에 안 통하면 그걸 실행하기 때문이야. 하지만 이 녀석은 협박이라는 게 없어. 그저 실행할 뿐이지."

도리어 그래서 상대방을 건드린 건지 알 수가 없다.

그래서 그의 심기를 불편하게 했다는 이유로 숱한 사람이 실종 또는 의문사하였다.

"도망가고 싶지만 그럴 수가 없어."

"그런데 왜 그렇게 고민이야?"

"내 신념."

"신념?"

"정치에 선을 긋는다는 내 신념."

그는 지금까지 정치와는 선을 그었다. 정치자금을 주지도 않았고 정치인들과 선을 만들지도 않았다.

정치적으로 그는 중립을 고수했다.

"하지만 그와 싸우려면 그걸 깨야 해."

"어째서?"

"백 명이 넘게 죽은 사건이야. 아무리 오래된 사건이라고 하지만 아직 공소시효가 남아 있는 사건이지. 그런데 그걸 무마했어. 그의 파워가 얼마나 강한 건지 이해가 가?"

"으음……."

"그런 그와 싸우려면 그를 그 자리에 두고는 못 싸워. 아마도 다른 사람들과 마찬가지로 초토화 전술로 나오겠지."

그의 공격 대상은 노형진이 아니라 노형진의 친구, 형제 그리고 가족이 될 것이다.

"그 공격 대상에는 새론뿐만 아니라 너도 포함될 거야."

고립시킨 상태에서 천천히 말려 죽이려고 할 테고, 대부분의 사람들은 그걸 버틸 수 없다.

"개인적인 고통은 버틸 수 있어. 하지만 주변의 고통은? 그로 인한 피해는?"

물론 노형진 정도면 주변을 보호할 수 있는 힘이 있다. 자본주의 국가에서는 돈이 곧 힘이니까.

하지만 그럴수록 그는 공격 대상을 무한정 넓혀 갈 테고, 노형진이 지키기 위해서 쏟아부어야 하는 재력은 어마어마하게 늘어날 것이다.

"열 사람이 도둑 하나 못 막는다는 말이 그냥 생긴 말이 아니야."

그는 상대방을 괴롭히기 위해서 힘을 강하게 쓸 필요도 없다. 그저 아래에다가 누구누구 마음에 안 든다고 말 한마디만 하면 아래에서는 알아서 죽여 버리려고 달려든다.

하지만 그걸 방어하기 위해서 노형진은 그들과 싸워야 하고, 그들의 공격에 맞서서 어마어마한 돈을 써야 한다.

"그래서 그 녀석을 이기지 못하는 거야. 결국 그걸 막기 위해서는 그 녀석을 힘이 있는 자리에서 끌어내려야 해."

"하지만 그는 정치인이지."

"그래."

어쭙잖은 사건은 들이밀어 봐야 정치인 자리에서 끌어내리지도 못할 않을 것이다.

더군다나 그는 현직 대통령 계파 중 최고 수장이나 마찬가지이며 가장 총애를 받는 사람이다. 당연히 어쭙잖은 죄목으로 들이밀어 봐야 현 정권의 공격을 받을 뿐이다.

"전쟁의 대상이 국가가 되는 거야."

노형진의 고민은 그것이었다.

지금까지의 전쟁의 대상은 집단 또는 기업이었다. 그러나 그와 싸우기 위해서는 정권 자체와 싸워야 하고, 현재 정권의 성격을 보면 그건 국가 전체와 싸우는 것이나 마찬가지다.

"그러면 아군이라고 할 만한 건 한 종류의 사람들뿐이지."

기업? 기업은 돈이 우선이다. 대룡이라고 해도 국가와 척을 지면서 노형진을 도와주는 데에는 한계가 있다.

국가에 속해 있으면서도 그들과 대립하고 있는 자들, 다름 아닌 다른 정당 소속의 인물들.

"도긴개긴이기는 하지만……."

손채림은 그런 노형진의 고민을 안다는 듯 다가와서 건너편 의자를 당겨 앉았다.

"내 친구가 해 준 말을 해 주고 싶네."

"뭐가?"

"선거를 잘하는 방법이 뭐냐는 것에 대한 대답이었어."

"선거를 잘하는 방법?"

"그래."

"그게 뭔데?"

"차악을 선택하라."

"차악?"

"그래. 선거를 할 때 다들 하는 말이, 그놈이 그놈이라고 그런다지? 그게 정치인이 노리는 거라고 했어. 그래야 자기들만의 세계에서 자기들의 권력을 쥐고 있을 테니까."

"자기들만의 세계라……."

"그러니까 그놈이 그놈이라고 하더라도 차악을 선택하라고 했어. 혁명을 할 게 아니라면 투표로는 그게 최선이라고. 전과 10범과 전과 5범이 나오면 5범에게 표를 주고 다음번에는 전과 3범에게 표를 주면서, 점점 좀 더 나은 사람을 선택해야 한다고 했지. 그런 거 아닐까? 네가 정치를 혐오하고 거리를 두고 싶어 하는 건 알아. 하지만 그렇다고 해서 모른 척할 수는 없어. 최소한 차악은 지원해야지."

"차악이라……."

노형진은 입술을 깨물었다.

"최재철이 권력을 잡을 수 있었던 것은 결국 사람들이 최악만을 선택했기 때문이야. 그리고 이제 와서 그놈이 그놈이다 해 버리면 누가 그를 끌어내릴 수 있겠어?"

"음……."

"네가 말한 '선이 침묵하면 악이 승리한다.'라는 것과 같은 것 아닐까?"

"선이라……."

어찌 보면 답은 정해져 있었다.

미래의 거대한 죄악이 무슨 일을 벌일지 알면서도 무시하기에는, 그가 너무나 양심적이었다.

일본의 대재앙은 자신이 막을 수 없는 자연의 문제였지만 이건 자신이 막을 수 있는 그런 문제였다. 물론 그 과정에서 수많은 피가 흐르겠지만…….

"나라가 망하는 것보다는 나을 테지."

"응?"

"아니야."

노형진은 왠지 가뿐해진 얼굴이 되었다. 그리고 외투를 꺼내서 걸쳤다.

"가자."

"어딜?"

"치킨 사 줄게."

"조언치고는 싸구려 취급이다?"

"두 마리 사 주마."

"내가 돼지냐?"

그러면서도 손채림은 피식 웃으면서 일어났다.

"잘 먹고 힘내. 그래야 부려 먹지."

"와, 이거 노동법 위반 아니야?"

두 사람은 킬킬거리면서 바깥으로 나갔다.

내일은 오늘과 좀 다를 거라고 생각하면서.

⚖️

"싸울 겁니다."

"가능하겠나?"

부랴부랴 출장에서 돌아온 송정한은 걱정으로 가득한 얼굴이 되었다.

그럴 수밖에 없는 게, 상대방이 자신도 아는 극히 위험한 인물이기 때문이다.

"팔각수? 일단 그 녀석들은 이해가 가네. 그 녀석들이야 나도 판사 시절에 몇 번 들어 본 적이 있는 골칫덩어리들이 니까. 하지만 상대방은 최재철이야."

"그래도 싸울 겁니다. 변호사는 도망가면 안 됩니다. 사람들이 최후의 순간까지 믿는 게 변호사인데 우리가 도망가면 누가 진실을 밝히겠습니까?"

"그거야 그런데…….'

송정한은 걱정스러운 모양이었다.

지금 싸우게 된다면 그들은 새론을 죽이려고 할 것이다. 이런 말 하긴 그렇지만, 최재철의 힘이라면 새론을 죽이는 것도 불가능한 것은 아니다.

"인터넷은 불가능하다고 들었네."

"네, 이미 시도했습니다만."

사람들이 잘 모르는 것이 하나 있다.

그게 뭐냐 하면, 대한민국이 공식적으로 인터넷 통제 국가에 속해 있다는 것이다.

국제조직 중 하나인 국경없는의사회의 발표에 따르면 대한민국은 인터넷 통제국으로 분류되며 그와 비슷한 수준의 국가로는 이집트 등을 뽑고 있다.

어마어마하게 빠른 인터넷 속도 때문에 일견 자유스럽게 보이지만, 정부에서 감추려고 작정하면 막는 데 채 몇 초도 걸리지 않는 시스템을 갖추고 있다는 것이다.

"그랬나?"

"사람들은 잘 모르죠. 정부나 언론에서 이런 걸 이야기하지도 않고요."

"음⋯⋯."

"우리가 인터넷에 퍼트리는 것은 기본적으로 정부에서 막지 않은 덕인 셈입니다."

만일 정부에서 작심하고 막으려고 하면 그걸 뚫고 정보를 나누는 것은 상당히 힘든 일이 된다.

"그리고 그걸 관리하는 게 바로 방통위죠."

"방통위 위원장은 바로 최재철이고 말이지."

"네."

"돌겠구만."

범죄자들의 죄를 공개하려고 하는데 그 범죄자들의 허가를 얻어야 하는 황당한 현실.

"이미 인터넷으로 퍼트리려고 시도해 봤습니다. 그런데 팔각수라는 이름이 나오면 죄다 명예훼손으로 차단을 먹여 버리더군요. 인터넷에는 팔각수에 대한 칭찬밖에 없습니다."

"그게 가능한가?"

"이론적으로는 불가능하죠."

그럴 수밖에 없는 게, 일반적으로 인터넷에 글을 쓰면 그건 건마다 고발하거나 판단해야 한다.

만일 그게 명예훼손의 가능성이 있으면 그 건에 대해서 포털 등에 블록 요청을 하고 포털은 그걸 봐서 판단 후 블록하게 된다.

당연히 신청자는 개개인이 따로 찾아서 주소를 포함하여 신청해야 한다.

"하지만 몇 번의 시도 결과 팔각수, 월당동 화재, 아태파 등 관련 단어가 들어가면 자동으로 차단되고 있습니다. 쉽게 말해서 이미 통제에 들어갔다는 거지요."

노형진은 담담하게 말했다.

그리고 그 말을 들을수록 송정한의 얼굴은 어두워졌다.

"그러면 방법이 없지 않나? 우리가 전면적으로 공격하는 건 아무래도 위험할 것 같은데. 자네가 뭐라고 할지도 모르겠지만, 이번에는 새론이 전면에 나서는 건 난 반대하네. 물론 우리가 정의를 지켜야 한다는 것이 사실이기는 하지만 우리가 살아남아야 남도 지킬 수 있는 거지, 정의를 지킨답시고 우리가 죽어 버리면 사람들은 더 나락으로 떨어질 거야."

"압니다. 그래서 저 역시 이번에는 새론이 전면에 나서면 안 된다고 생각합니다."

"그러면 무슨 수로……?"

이미 언론이고 인터넷이고 저들의 손아귀에 들어간 상황인데 말이다.

소송? 소송을 한다고 해서 뭐가 바뀔까?

언론에 기사화되지 않을 건 당연한 일이고, 재판에서도 이길 수 없을 가능성이 높다.

"일단은 사건을 축소해 볼까 합니다."

"축소?"

"네."

"그건 자네가 평소 쓰는 것과 좀 다른데?"

보통 노형진은 상대방이 감당할 수 없을 정도로 사건을 부풀려서 내부에서 붕괴시키는 전략을 즐겨 쓴다. 그걸 감당할 수 있을 정도의 능력은 되니까.

"하지만 이 경우에는 상대방이 그걸 막을 수 있는 상황이니까요."

"음……."

이쪽에서 키우고 싶어도 저쪽에서 그걸 막을 수 있는 힘을 가지고 있다.

아니, 애초에 커지는 순간 저들의 패배이니, 그들은 절대로 그냥 그걸 두고 볼 리 없다.

"그래서 이번에는 의뢰에 충실해 볼까 합니다."

"의뢰에 충실하겠다면……?"

"장만수 씨의 누명을 벗기는 거죠."

"하긴 그게 최초의 목적이었으니……."

다들 고개를 끄덕거렸다.

하지만 무태식은 이해하지 못하겠다는 표정으로 되물었다.

"그러기 위해서는 월당동 사건을 해결해야 하는 거 아닌가요?"

"아니죠."

"아니라고요?"

"의뢰할 때 뭐라고 했지요?"

"그거야 아버지가 누명을 써서…… 아!"

분명히 장만수는 폭력 조직과 내통하고 있다는 혐의를 뒤집어썼다고 했다.

"그 부분을 깨는 겁니다."

"하지만 팔각수와 최재철은?"

"전쟁에서 승리하기 위해서는 일단 전투에서 승리해야지요."

"으음……."

어차피 그들은 당장 쓰러트릴 수 있는 집단이 아니다.

팔각수야 어찌어찌 상대할 수 있다지만 최재철은 정권의

핵심 중의 핵심인 데다 또 차기 대통령이 될 정도로 여기저기 자기 세력을 확실하게 박아 둔 작자다. 그러니 그를 건드리는 것은 조심해야 한다.

"그리고 여러분도 아시겠지만 그들과의 전쟁은 그들이 알지 못하게 조용히 이루어져야 합니다."

"확실히 그렇지."

공격받고 있다는 것을 알게 된다면 그들은 사력을 다해서 새론을 무너트릴 것이다.

그러나 아직 새론은 그들과 싸울 준비가 되어 있지 않다. 최소한 그들의 힘을 충분히 빼고 싸우는 것이 중요하다.

"그러니 일단은 의뢰인의 문제를 해결하는 데 집중해야 합니다. 그와 동시에 녀석들의 힘을 조금씩 깎아 내야 합니다."

"하지만 그 서장이었던 김세악 청장을 건드리면 그들이 바로 보복을 시작할 걸세."

"김세악을 건드리는 건 위험하지요. 하지만 그 아래라면요?"

"응? 그게 무슨 말인가?"

김성식은 고개를 갸웃했다.

김세악이 경찰서 내부에서는 주범이다. 그런데 그를 건드리지 않겠다니?

"엄밀하게 말하면 그가 주범이기는 하지만 범인은 그만 있는 게 아니지요. 의뢰는 진실을 알아내고 누명을 벗겨 주는 것입니다. 그러니 장만수를 대신할 진짜 내통자를 찾아내면 됩니다."

"아하!"

김세악이 직급이 높을 뿐 내통자는 그자뿐만이 아니다. 그러니 그를 찾아내서 누명을 입증하면 된다.

"그렇지만 누군 줄 알고?"

"이미 알아봤습니다."

"알아봐? 도대체 어떻게? 그 당시에 경찰이 한두 명이 아닐 텐데."

"그렇기는 하지만, 돈을 벌면 그걸 쓰고 싶어지는 게 사람이지요."

"돈을 썼다고 해도 그 기록이 남아 있을 리 없지 않은가?"

그 당시에는 카드보다는 현금을 더 많이 쓰던 시대다.

더군다나 뇌물을 받았다면 당연히 현금을 쓰지, 카드를 쓰지는 않았을 것이다. 그러니 뭔가 남아 있을 리가……

"작은 건 그렇지요."

"작은 거?"

"그 당시에 왜 불을 질렀을까요?"

"응? 불? 아하!"

"네, 그 당시 아파트는 노다지라고 불리던 시절이었습니다. 아파트 하나만 분양받으면 어마어마한 돈을 벌 수 있었던 때였죠. 만일 돈이 생긴다면 그 사람은 그걸 어떻게 할까요?"

"아파트를 사겠군."

"더군다나 그 뇌물을 준 사람이 그 아파트의 주인이라면요?"

"더욱 싸게 살 수 있겠군."

땅이라는 것이 워낙 가격이 높다 보니 뇌물로는 흔하게 사용되는 물건이다.

특히나 건설 회사 쪽은 대단위 아파트 단지를 만들 때 지원해 준 자들에게 아파트 한 채씩 주는 것이 거의 통상적인 관례처럼 여겨지고 있었다.

"그 녀석이 그 정도로 공이 있는 녀석은 아니지만, 그래도 싸게 살 수 있을 정도는 되었을 겁니다."

"그렇다면 나라도 사지."

송정한은 이해된다는 듯 고개를 끄덕거렸다.

"그 당시의 기록에 따르면 그 아파트는 네 배 가까이 가격이 올랐습니다. 당연히 그도 어마어마한 돈을 벌었고요."

"음……."

"웃긴 건, 그가 그 아파트를 살 때 대출받은 흔적이 없다는 겁니다."

"그래?"

"네. 아시겠지만, 그게 가능한가요?"

"불가능하지."

부모가 어마어마한 재산을 물려주면 모를까, 대출 없이 아파트를 사는 것은 한국에서는 불가능하다.

"더군다나 그는 경찰이 된 지도 얼마 안 되는 시점이었습니다. 경찰의 월급은 뻔하지요. 그런데 어떻게 그 아파트를 살 수 있었겠습니까?"

결국 답은 하나뿐이다.

"그 녀석 이름이 뭔가?"

"도하성이라고 합니다."

전혀 들어 보지 못한 이름이다.

"지금은 해당 경찰서의 서장을 하고 있습니다."

"서장이라. 그 지역에서는 힘깨나 쓰겠군."

"하지만 싸워 볼 만은 하지요. 그 녀석을 시작으로 관련된 자들을 파고들어 가면서 그들의 힘을 빼는 게 좋다고 전 개인적으로 생각합니다."

자신들이 절대로 걸리지 않는 선에서 그들을 갉아먹다 보면 언젠가 그들도 쓰러지게 될 것이다.

아무리 강한 나무라고 해도 뿌리가 썩어 버리면 넘어가듯이 말이다.

"그러면 그 녀석을 어떻게 넘어트릴 건가? 자네도 알다시피, 그 정도 되는 사람이면 절대로 자기 잘못을 인정하지 않을 걸세."

경찰은 자기 잘못을 인정하지 않는다. 아니, 할 수 없다는 게 맞는 말이다.

만일 교도소에 갔는데 경찰인 게 알려지면 어마어마한 보복을 당하기 때문이다.

직급이라도 높으면 특수 관리라도 받겠지만 고작 서장인 그가 그런 특혜를 보기는 힘들다.

"이런 말이 있지요. 개 버릇 남 못 준다."

"응?"

"그 지역은 상권이 큽니다. 그 정도 크기의 대형 아파트촌이 생겼으니 당연한 거지요."

"아하!"

상권이 크다는 것. 그건 이권을 노린 폭력 조직이 있다는 소리다.

그리고 이권을 노린 폭력 조직이 있다면 내부에는 당연히 그들과 결탁한 경찰이 존재하는 것이 현실이다.

"거기는 팔각수가 꽉 잡고 있는 거 아니야?"

손채림은 고개를 갸웃했다.

거대 조직이었던 아태파가 꽉 잡고 있던 지역이니 당연히 그걸 자연스럽게 팔각수가 넘겨받아야 정상 아닌가?

"반은 맞고 반은 틀려."

"응?"

"팔각수는 이제는 양성화된 기업이야. 그러니 대놓고 그런 곳에서 활동할 수 없지. 그러니 반은 틀리다는 거야."

"반이 맞는다는 건?"

"어찌 되었건 팔각수라고 해서 아태파 시절의 가면을 모두 벗은 건 아니라는 거지. 아태파는 사라졌지만 그 방계 조직은 남아 있거든."

"방계?"

"그래. 모두 다 정상적인 기업에 들어갈 만큼 폭력 조직이 머리가 좋은 건 아니거든."

정상적으로 기업에 적응할 수 있는 작자들이라면 문제가 되지 않을 것이다.

하지만 폭력 조직이라는 게 머리 좋은 놈들보다는 머리 나쁜 놈들이 더 많고, 그런 놈들 중 심한 놈들은 정상적인 기업에 취업해서 활동하는 게 힘들다.

"그럴 때 만드는 게 방계야."

그들은 따로 나와서 세력을 구축한다.

공식적으로 그들은 전혀 다른 조직이지만 비공식적으로는 그 아래에 있는 조직이다.

"그래서 반은 맞고 반은 틀리다고 한 거구나."

"그래."

"그런데 그거랑 서장은 무슨 관계야?"

"아까 말했잖아. 개 버릇 남 못 준다고 말이야."

당연히 현재 조직에서 뇌물을 받고 있을 것이다.

"그걸 잡아내는 거지."

"그런다고 효과가 있을까?"

"일단 효과는 있지. 서장이든 조직이든, 결국 그들 계파니까."

그들을 날려 버리면 해당 지역에서 그들의 힘은 확실하게 줄어든다. 그렇게 된다면 월당동 화재 사건에 대해서 조금씩 파고들 수가 있다.

"지금으로서는 그곳에 그 작자들의 눈이 많으니까."

"음⋯⋯."

"원래 무기는 중요한 시점까지 꽉악 쥐고 있는 거야."

월당동 사건을 지금 퍼트려 봐야 묻혀 버릴 게 뻔하다. 하지만 그들이 약해지고 그들을 지켜 줄 조직이 붕괴되었을 때 밀어붙인다면, 그들은 무너질 수밖에 없다.

"그런데 언제 뇌물을 줄 줄 알고?"

"뇌물을 줄 때를 아는 게 아니라 뇌물을 받았다고 생각하게 해야지."

"무슨 소리인가?"

노형진은 사람들에게 작전을 설명하기 시작했다.

다들 그 작전에 탄성을 질렀다. 역의 역발상이라고 할 만한 작전.

"자, 그러면 우리 서장님을 만나러 가 볼까?"

노형진은 씩 웃으면서 말했다.

도둑이 제 발 저린다

"조직에서 나왔습니다."

무태식, 그는 지금 딱 자기 얼굴에 맞는 일을 하고 있었다.

'내가 어딜 봐서 조직원이야!'라고 그는 생각하고 있을지 모르지만 누가 봐도 그는 조직원, 그것도 상당히 상급 조직원으로 보였다.

"조직? 육거리파에서 어쩐 일로?"

"이번에 추가 수입이 좀 생겨서 상납을 좀 더 드릴까 하고 말입니다."

무태식은 그렇게 말하면서 서장인 도하성의 얼굴을 살폈다.

만일 결백하다면 그는 화를 내면서 펄펄 뛰어야 한다. 그런다면 작전은 실패다.

그러나 도하성의 얼굴에 나타난 것은 분노가 아니라 기쁨
이었다.

"의외군. 전에는 그런 적이 없잖아?"

"저희도 크게 성장하려면 여러모로 도움을 받아야 하지 않
겠습니까?"

"그건 그렇지."

도하성은 즐거운 얼굴이 되어 자리에서 일어나서 다가왔다.

"자리에 앉도록 하게."

"네, 서장님."

무태식은 그가 권하는 자리에 앉았다.

"그런데 어떤 수익이기에 추가 수익이 나한테까지 오나?"

슬쩍 물어보는 서장.

"다른 지역에 가게를 오픈했는데 그쪽에서 제법 적지 않은
수익이 나고 있습니다."

"가게?"

"네."

"이 사람아, 그런 일이라면 나한테 말을 했어야지."

무태식은 그걸 보면서 입맛이 썼다.

'이 개새끼, 아주 떨어질 데까지 떨어졌구나.'

절대로 축하하려고 한 말이 아니다. 그랬으면 그 뒤에 '축
하한다.'라는 말이 붙어야 한다. 그런데 그런 말도 없었다.

더군다나 폭력 조직이 만든 가게에 대해 말할 때 종류도

없이 '가게'라고만 칭한다면 그 내용은 뻔하다.

여자 장사.

그걸 알면서도, 말했어야 했다니.

"내가 투자한 게 얼만데. 좋은 게 있으면 이야기를 했어야지!"

'얼씨구?'

무태식은 자신의 귀를 의심했다.

투자라니? 설마 그들과 함께 가게를 열었단 말인가?

그건 자신들도 예상하지 못했던 일이다.

—재미있네요. 좀 찔러보죠.

숨겨진 이어폰에서 들리는 목소리. 노형진이었다.

뇌물 정도는 받을 거라 생각했지만 설마 직접적으로 돈으로 연관되어 있을 거라고는 생각도 못 했는데 자발적으로 떠들어 줄 줄이야.

무태식의 귓속에 감춰진 이어폰에서 노형진의 목소리가 계속 흘러나왔다.

—지금이라도 투자하라고 하세요. 어디까지 연관되었는지 알아야겠습니다.

그 말에, 무태식은 도하성에게 슬쩍 권했다.

"지금이라도 투자하시죠. 아직 오픈할 곳이 많습니다."

"그래? 어떤 가게인데?"

"음, 그게……."

무태식은 잠깐 말을 멈췄다.

자신이 뭘 알아야 대꾸라도 해 줄 텐데 아는 게 없었다.

'젠장, 룸살롱이라도 한번 가 봤어야 말이지.'

그가 곤란해하자 다행히 그런 고민을 알아차린 것인지 노형진이 적당한 형태의 가게를 설명해 줬다.

─제가 하는 말 그대로 말하시면 됩니다.

무태식은 노형진의 목소리가 들리자 살짝 물을 마시는 척하면서 시간을 끌었다.

그대로 따라 하는 것보다는 한 템포 늦게 가는 게 좀 더 극적이고 정리가 되기 때문이다.

그리고 천천히 설명을 시작했다.

"조선족 애들을 데리고 운영하는 업소입니다."

"에? 조선족?"

"네."

"그게 장사가 되나?"

"이런 장사는 몸이 필요하지, 대화가 필요한 건 아니지 않습니까?"

도하성은 씩 웃었다.

"그렇지, 오피라는 것이 그런 곳은 아니지."

역시나 자신이 어떤 곳에 투자했는지 말하는 도하성.

무태식은 그걸 들으면서 왠지 입안이 씁쓸해졌다.

'오피에 투자하는 녀석들이 존재하기는 하네. 뉴스에서만 나오는 일인 줄 알았는데. 하긴, 흔한 일 중 하나니까.'

오파란 일종의 성매매 방법이다.

그런데 경찰이 그런 성매매 업소에 투자했다가 발각된 사건이 적지 않고, 경찰인 점을 이용하여 해당 업소를 빼앗아 자신이 운영한 경우까지 있었다.

"그런데 손님이 그렇게 많아?"

"많습니다. 아무래도 오입질을 하려고 하는 놈들은 돈이 아쉬우니까요."

"하긴, 요즘 가격이 너무 올랐어."

"네, 그래서 조선족 애들을 데리고 온 겁니다. 말끔한 애들을 데려오면 와꾸도 나쁘지 않고요."

"이해하네. 가격도 싸고 와꾸도 된다면 손님들이 많이 오지. 구미가 당기는걸, 하하하."

그렇게 웃는 도하성을 보면서 무태식은 이놈은 무슨 일이 있어도 감방에 처박아야겠다고 결심을 굳혔다.

⚖️

"이 정도면 충분한 것 같네요. 나머지는 알아서 한번 해 보세요. 후우."

마이크에 대고 한참 떠들던 노형진은 안도의 한숨을 내쉬면서 의자에 기대앉았다.

생각지도 못한 도하성의 반응에 위기가 있기는 했지만 자신이 한 이야기에 대해서 그다지 의심하지는 않는 모양이었다.

—중국 애들이 예쁜 애들이 많은가 봐?

—땅이 넓으니까요. 예쁜 애들은 연예인 뺨칩니다.

—그래?

—조직원이 중국에서 계집 하나 데려다가 결혼했는데, 염소 이백 마리를 줬다고 하더군요.

—염소? 웬 염소?

—염소 주고 사 온 거죠. 그래 봤자 돈 천이라고 하던데요. 처갓집은 그것만으로도 자기 동네에서 지주가 되었다고 하더군요.

—오호, 재미있는 이야기군.

—뭐, 극단적 빈익빈 부익부 상태라서요. 돈만 준다면 온다는 애들은 널렸습니다. 거기서 우리는 와꾸가 되는 애들로 고르기만 하면 됩니다.

—흐음.

차량 내부에 설치된 스피커에서 들리는 두 사람의 대화.

조용히 듣고 있던 손채림이 낯선 단어에 고개를 갸웃하며 물었다.

"와꾸가 뭐야?"

"외모를 뜻하는 일종의 은어야."

"아니, 그냥 외모라고 하면 되는 거 아냐?"

"그러게 말이다."

노형진은 한숨이 나왔다.

"그래야 뭔가 있어 보인다고 생각하나 보지."

"기가 막히네."

"내 말이."

"아니, 네가 기가 막히다고. 그런 은어는 또 어디서 배운 거야? 법률 용어도 아니니 쓸 일도 없는데."

그 말에 노형진은 슬쩍 마이크를 잡았다.

"혹시 뭐 다급하게 필요한 거 없으세요? 없으시다고요? 아, 알겠습니다."

"되지도 않는 마이크로 떠들지 마시지."

"크흠, 비밀이야."

슬쩍 시선을 돌리는 노형진.

"비밀은 무슨."

노형진은 손채림이 흘겨보자 등짝으로 땀이 흐르는 것 같았지만 다행히 그녀는 더 이상 묻지 않았다. 하지만 파워풀하게 꼬집는 것으로 응징을 가했다.

어색한 분위기가 흐르려는 찰나, 다행히 무태식이 그런 노형진에게 본의 아니게 동아줄을 내려보내 줬다.

-쉬십시오.

인사하고 나오는 무태식. 노형진은 안도의 한숨을 내쉬면서 재빨리 다른 스피커를 연결했다.

-이거부터 하자, 이거부터. 이게 급한 거니까.

그리고 거기에서 흘러나오는 목소리.

아까는 무태식의 몸에 숨겨진 마이크에서 나온 소리라면 이건 무태식이 안에 슬쩍 붙여 둔 마이크에서 나오는 소리다.

-어, 난데. 그래, 회장님은 계신가?

기분 좋은 대화를 시작하려고 하는 도하성.

"바로 전화하네?"

"그렇지. 무려 5천만 원이나 받았는데 기분이 좋지 안 좋겠어? 당연히 전화해서 감사의 인사를 하겠지. 그리고 짜란!"

노형진은 싱긋 웃으면서 말했다.

아니나 다를까, 도하성의 당황스러운 목소리가 튀어나왔다.

-뭐? 보낸 적 없어? 잠깐, 그게 무슨 소리야? 새로 가게 오픈했다면서? 뭐? 그런 적도 없어? 지금 장난해? 아니, 그러면 이 돈은 누가 보낸 거야? 자네가 아니면 5천이나 보낼 사람이 없잖아? 그게 무슨…… 씨발…… 아까 그 새끼!

그러나 무태식은 이미 경찰서에서 나와서 차량에 올라타고 있는 중이었다. 그리고 웃으면서 노형진에게 다가왔다.

"전화하죠?"

"당연하죠."

-그 새끼가 돈 주고 이런저런 이야기를 했는데…… 씨발…… 어떤 미친 새끼가 무려 5천이나 주겠냐고!

당황해서 어쩔 줄 몰라 하는 도하성.

노형진은 그런 그의 목소리를 들으면서 슬쩍 시선을 돌려서 무태식을 바라보았다.

"그래서, 잘 심어 놨죠?"

"확실하게요. 그러니까 지금 녹음되고 있겠지요?"

"그렇기는 하네요."

ㅡ이런 개새끼! 그 새끼가 녹음한 게 분명해. 누구냐고? 씨발 너희가 보낸 줄 알고 확인도 안 했다고! 그 돈을 들고 구라 치는 새끼가 어디 있겠냐고! 이름을 물어본다고 한들 그 새끼가 진짜 이름을 말해 줬겠어? 뭐, 녹음? 안 그러면 그 새끼가 돈을 줄 리 없잖아! 당장 그 새끼를 찾아⋯⋯. 뭐라고? 녹음기? 그게 무슨⋯⋯?

잠깐 침묵이 흐르는 듯하더니 스피커에서는 진짜로 분노한 도하성의 목소리가 터져 나왔다.

ㅡ이런 개새끼!

그리고 빠자작 소리와 함께 소리가 끊어졌다.

"부서졌네."

"부서졌네요."

"헐."

어깨를 으쓱하는 노형진. 그는 스피커를 껐다.

"걸리라고 둔 거니까."

"탁자 바로 아래 붙여 놨는데 못 찾으면 그게 병신이지요."

무태식은 실실 웃었다.

애초에 그 마이크를 찾아볼 만한 위치에 붙여 놓은 건 그였다.

"다른 건요?"

"진짜는 아니고 가짜 몇 개 뿌려 놨습니다. 소파 틈이랑 화분이랑……."

"그걸 다 찾으면 길길이 날뛰겠네요."

"그게 목적이니까요."

그는 자신의 말이 녹음되었다고 생각할 것이다. 그리고 이 잡듯이 내부를 뒤져서 마이크를 찾아낼 것이다.

그렇게 되면 상당히 오래 녹음되고 있었을 거라 생각할 테고 무태식을 찾으려고 혈안이 될 것이다.

물론 이건 경찰을 동원할 수 있는 일이 아니다. 만일 경찰을 동원했다가 까발려지면 일이 커질 수밖에 없다.

"그러면 당연히 육거리파가 동원될 수밖에 없지."

물론 경찰이 체포했는데 무태식이 녹음된 파일을 다 가지고 있다는 보장이 있다면 충분히 막을 수 있는 일이다. 하지만 그럴 가능성은 제로에 가깝다.

단 한 명이라도 도와주는 이가 있다면 무태식의 체포와 동시에 바로 언론사로 뿌려질 테고, 도하성에게는 그걸 막을 수 있는 능력이 없다.

설사 무태식에게 도와주는 사람이 없다고 해도 불법 녹음에 관련된 처벌은 잘해 봐야 벌금 정도이고, 그걸로 재판하다 보면 당연히 도하성의 녹음 내용은 공개될 수밖에 없다.

"아마도 육거리파는 조직원들을 총동원해서 어떻게 해서든 당사자를 잡으려고 할 거야."

"어우, 무서워라."

마치 무섭다는 듯 부르르 떠는 무태식.

그런 무태식을 보면서 노형진이 씨익 웃었다.

"그러니까 잡혀갈 준비는 되셨지요, 장혁우 씨?"

"그럼요."

장혁우라고 불린 무태식은 히죽거리면서 웃었다.

⚖

"누구?"

"이 사람 압니까?"

육거리파의 조직원들은 CCTV에서 캡처한 사진을 들고 주변을 수색하기 시작했다.

상대방이 누군지 모르지만 도하성을 노리고 있다면 주변을 캐고 다닐 거라 생각했기 때문이다.

그리고 그 과정에서 최소한 기자는 아니라는 사실을 알 수 있었다.

기자라면 이 정도 돈을 동원할 수도 없거니와 대놓고 기자라고 하지, 자기 신분을 감추지는 않으니까.

그렇게 얼마나 캐고 다녔을까.

대부분의 사람들은 사진 속 인물을 보고 모른다면서 고개를 흔들었지만 누군가는 그 사람을 알아보았다.

"어, 이 사람 며칠 전에 온 사람 같은데?"

도하성 집 근처에 있는 편의점의 아르바이트생이었다.

그는 사진을 보더니 안다는 듯 고개를 끄덕거렸다.

"알아?"

"아, 그게……."

그는 자신을 노려보는 폭력배들의 눈치를 살폈다.

아무 생각 없이 알은체를 했지만 조금이라도 잘못 말하면 무슨 꼴을 당할지 모른다는 느낌이 들었다.

"어떤 새끼야?"

"이 새끼 뭐야?"

"저기……."

"대답 안 해? 확 아가리를 찢어 버릴라."

알바생은 눈치를 보면서 자신의 입을 저주했다.

'아, 씨발. 모른다고 할걸.'

저들이 남자를 찾는 것은 아무리 봐도 좋은 목적은 아닌 게 분명했다.

그렇다고 말하지 말자니, 이미 자신이 알고 있다고 내뱉어 버렸으니 입을 다물어 봤자 그들에게 린치를 당할 게 당연한 일.

와장창!

카운터 앞에 있던 전시대가 박살이 나면서 물건들이 바닥으로 쏟아졌다. 그리고 그걸 부순 남자는 이를 히죽 드러냈다.

"아가야, 이가 성할 때 말해라. 평생 죽 처먹고 싶으면 그러고."

"아…… 알았어요."

아무리 상대방이 불쌍해도 자신이 우선 아닌가?

"장혁우라고 했어요."

"장혁우?"

"네. 아버지 문제를 해결하러 왔다던가?"

"그게 무슨 소리야?"

"나도 몰라요. 아는 건 거기까지뿐이라……."

편의점 알바는 눈치를 살피면서 말했고, 그들은 더 이상 그를 괴롭히지 않고 그곳에서 나왔다.

어차피 '편의점 알바가 알아 봐야 얼마나 알겠는가.'라고 생각한 것이다.

그리고 바로 전화해서 자신들이 알아낸 것을 보고했다.

⚖️

"장혁우?"

"압니까?"

"씨발……."

행동대장의 질문에 도하성은 머리를 부여잡았다.

"옛날에 죄 뒤집어씌워서 죽여 버린 동료 경찰의 아들이야."

"그 녀석이 왜 갑자기 나타난 겁니까?"

"끄응, 아무래도 진실을 찾고 있나 보군."

"진실요?"

"그래."

흔한 일은 아니지만 분명히 있는 일이다. 자식이 아버지의 죄를 의심하고 그걸 추적하는 건.

더군다나 한백용이라는 후배 새끼가 어려서부터 그에게 헛바람을 넣은 것을 알고 있었다. 그래서 한백용도 죽여 버렸는데, 이제 와서 그 녀석이 다시 나타날 줄이야.

"왜 알아보지 못한 겁니까?"

"그 새끼 본 게 벌써 20년도 더 전이야. 흠, 22년쯤 되겠네. 거기에다 그때는 애새끼였다고."

"끄응……."

더군다나 자신은 그의 아버지인 장만수와 친한 것은 아니었다. 그래서 장혁우는 집들이나 행사 때 가끔 얼굴만 본 정도지, 친해서 얼굴까지 기억할 정도는 아니었다.

"씨발……."

'혹시 그 월당동 사건도 알고 있는 거 아니야?'

그렇게 생각하던 도하성은 머리를 흔들었다.

그랬다면 이미 난리가 났어야 했다. 그런데 뉴스도 그렇고 위에서도 아무런 언급이 없다.

그렇다면 그는 위는 생각도 안 하고 있다는 뜻이다. 노리는 건 오로지 자신뿐이라는 건데.

'싯팔…….'

만일 그게 사실이면 여러모로 곤란해진다.

"위에다가 도와 달라고 해야 하나?"

"무리입니다. 고작 이런 일로 어르신들을 귀찮게 하실 겁니까?"

"끄응, 그건 그렇지?"

안 그래도 정치하느라고 바쁜 분들을 이런 일로 귀찮게 한다면 자신의 무능만 드러내는 꼴일 뿐이다.

"그냥 혐의를 뒤집어씌워서 잡아넣으시죠."

"그건 무리야. 그 녀석이 파멸할 정도의 뭔가가 아니라면 도리어 우리가 역습당한다고. 더군다나 그 녀석, 펀드매니저인지 뭔지 한다면서?"

"네."

"씨발."

그렇게 돈이 있는 직업을 가진 작자들은 좋은 변호사를 쓸 수 있으니 당연히 처벌도 약해진다.

"섣불리 덤볐다가 녹음 내용을 공개해 버리면 우리만 곤란해져."

"음……."

행동대장은 신음 소리를 냈다. 그런 경우 방법은 하나뿐이다.

"지워 버리죠."

"뭐?"

"어차피 이런 놈들은 자꾸 후환을 만들어 내기 마련입니다. 지금 정리하지 않으면 나중에 우리를 귀찮게 할 겁니다. 우리가 귀찮은 건 둘째 치고, 어르신들이 알게 되면 어떻게 될까요?"

도하성은 소름이 쫙 돋아 온몸을 부르르 떨었다.

'그렇지…….'

저절로 침이 삼켜지는 기분이었다.

만일 자신이 자꾸 걸리적거린다면? 어르신들은 주저하지 않고 자신을 쳐 낼 것이다.

자신과 연락을 끊는 거라면 차라리 속이라도 편한데, 어르신들이 연을 끊어 내는 방법은 하나뿐이다.

"하지만……."

"뭐 걸리는 게 있습니까?"

"아니야."

어차피 처음 하는 것도 아니다. 벌써 세 번째다.

다만 자신의 손으로 아버지와 아들을 직접 죽인다는 것이 마음에 안 들 뿐.

"자네들이 처리하면 안 되나?"

"그러면 곤란하지요."

히죽 웃는 행동대장.

'끄응…….'

지난번에도 그렇고, 이들은 현장에 자신들을 불렀다.

좋게 말하면 협조지만 사실상 우리 말 안 들으면 죽인다는 협박임과 동시에 현장에서 공범을 만들기 위해서였다.

'젠장, 이들과 같이 가지 말았어야 했는데.'

하지만 그 당시 서장까지 같은 편이었으니 자신이 할 수 있는 건 없었다.

그걸 거부한 장만수가 무슨 꼴을 당했는지, 그리고 그걸 조사하던 한백용이 어떻게 되었는지 두 눈으로 다 봤는데 어떻게 거부한단 말인가?

"애들이 이 잡듯이 뒤지고 있으니까 조만간 나타날 겁니다. 그러니 기다리고 있어요."

"알았네."

명백하게 상급자는 서장이었지만 행동대장의 명령에 그는 저항할 수가 없었다.

아마도 다른 경찰들이 봤다면 기가 막혀서 말도 못 했을 것이다.

"먼저 가 보겠습니다."

행동대장은 인사도 하는 둥 마는 둥 하고 서장실을 나갔고, 홀로 남은 서장은 한숨을 쉬면서 자신의 처지를 한탄했다.

"주변에서 계속 찾고 있다지?"

"네."

아무리 한 지역을 꽉 잡는 조직이라고 해도 사람을 찾는 것은 그리 쉬운 게 아니다. 노형진과 새론이 철저하게 사람을 감추려고 하는 경우에는 더더욱 말이다.

"언제까지 이렇게 숨어 있어야 하나요?"

"걱정하지 마세요. 금방 끝납니다."

모텔 하나를 통째로 빌려서 거기에 다들 함께 지내고 있으니 당연히 그들이라고 해도 이곳을 추적하지는 못할 것이다. 더군다나 계산도 현금으로 했으니 말이다.

"전에도 말했다시피 우리는 팔각수와 최재철이 알지 못하게 움직여야 합니다. 그러니 그들의 움직임을 먼저 확인하는 게 좋습니다."

"이거 참."

모든 준비가 끝난 상황에서 마냥 기다려야 하는 무태식은 갑갑한 듯 입맛을 쩝쩝 다셨다.

물론 노형진도 당장이라도 움직이고 싶었다.

하지만 지금은 그 어느 때보다 더 조심해야 한다. 심지어 성화 때보다도 더 말이다.

'그때는 대룡이라는 방패라도 있었지.'

그러나 지금은 대룡도 방패가 될 수가 없는 상황이다. 그러니 조심해야 한다.

"아직은 조심해야 합니다. 그러니……."

갑갑해하는 무태식과 사람들을 진정시키던 노형진은 들려오는 벨소리에 전화기를 들었다.

"어쩐 일이야?"

―움직여도 될 것 같은데?

전화한 사람은 다름 아닌 손채림이었다.

그녀는 최재철 일파를 감시하기 위해서 서울로 올라가 있는 상태였다.

"움직여도 된다고?"

―최재철, 미국으로 갔어.

"뭐? 언제?"

―오늘 아침에.

"일 때문에?"

―아니, 휴가야.

노형진의 얼굴이 환해졌다.

이런 상황에 휴가를 내고 해외로 여행을 간다는 것은 이곳에 대해서 모른다는 뜻이기 때문이다.

―아무래도 서장은 위에다가 말하지 않기로 한 모양이야.

"자기 딴에는 별거 아니라고 생각한 모양이네."

노형진은 그렇게 생각했다. 설마 그들이 윗선을 무서워한다고는 생각도 못 했다.

어느 쪽이든 그들은 이쪽에 관심이 없으니 자신들이 움직여도 된다는 소리다.

"그럼 바로 움직일 수 있어? 사람들을 데리고 이쪽으로 좀 와 줘."

─그럴게. 필요한 건 그것뿐이지?

"그래."

─오케이.

통화가 끝나고 나자 노형진은 갑갑해서 죽으려고 하는 무태식을 보면서 주먹을 불끈 쥐었다.

"자, 그러면 사냥을 나가 봅시다."

"예쓰!"

"좋았어!"

무태식은 그 말을 들으면서 환호를 질렀다.

"아, 이 사람 알지."

시장에서 무태식, 아니 장혁우를 추적하던 조폭들은 사진을 알아보는 노인의 말에 그에게 다가갔다.

노인은 그런 그들을 보면서 살짝 위협을 느꼈다.

"이 새끼 어디 있어?"

척 봐도 노인의 아들도 아니고 손자뻘이나 될 만한 녀석이 반말로 물었지만 노인은 항의도 못 한 채로 손가락으로 한쪽을 가리켰다.

"요즘 시장에서 여기저기 돌아다니던데."

"뭐? 왜?"

"경찰서장에 대해서 조사하는 모양이더라고. 아까도 나한 테 서장이 어떤 사람인지 혹시 아느냐고 물어봤어."

"그래?"

그들은 노인을 버리고 노인이 가르쳐 준 방향으로 향했다.

그러자 좀 떨어진 편의점 앞에서 음료수를 마시고 있는 무 태식을 발견할 수 있었다.

"저기 있다! 이 새끼를 당장⋯⋯!"

"쓰읍! 얀마, 여기 사람이 얼만데."

"죄송합니다, 형님. 위에서 하도 뭐라고 하니까⋯⋯."

"그래도 조심은 해야지."

"네, 형님!"

형님이라 불린 남자는 느긋하게 음료수를 마시는 무태식 을 보면서 전화를 걸어서 발견 사실을 위에 알렸다. 그리고 몇 마디 대화하고 바로 전화를 끊었다.

"저 녀석이 혼자 남을 때까지 기다리자."

"네? 혼자 있는 시간이 있을까요?"

"그러니까 알아봐야지. 혼자 온 게 아니라 다른 놈이랑 같 이 왔으면 어쩌려고?"

"아하!"

"저 새끼를 잡는 것도 잡는 거지만, 저 새끼가 가지고 간

녹음 파일 같은 것도 다 찾아야 할 거 아냐!"

"그 생각을 못 했네요. 역시 형님은 대단하십니다."

"대단은 개뿔. 네 머리가 돌인 거다, 이 새끼야."

그러면서 시선을 돌려서 무태식에게 고정하는 남자.

'어쩌면 일이 쉬울지도 모르겠는데?'

보아하니 혼자 움직이고 있는 게 확실했다. 그리고 그렇다면 자신들이 일을 처리하는 게 어렵지는 않을 것이다.

"너희는 가서 연장이나 준비해. 어디 적당한 위치도 좀 알아보고."

"네, 형님."

"좋아. 너랑 너는 나랑 남아서 따라다닌다."

"네."

그렇게 각자 자신들의 일을 하면서 움직이는 남자들.

그러나 그들은 정작 자신들이 감시의 대상이 되었다는 것을 모르고 있었다.

"카메라 상태는 어때요?"

"좋아요."

"녀석들은 이런 걸 모르겠지요?"

"알 리 없죠. 얼마나 좋은 카메라들인데. 흔해 빠진 CCTV랑 비교하면 슬퍼요."

담당 기술자는 씩 웃으면서 말했다.

"하하하, 미안합니다."

노형진은 그렇게 말하면서 화면을 바라보았다.

십여 개의 화면은 시장의 여러 곳을 비추고 있었다. 그리고 무태식은 철저하게 그 안에서 움직이고 있었다.

"무 변호사는 안전하려나?"

김성식이 걱정스럽게 말했다.

장혁우 위장 업무에 지원하고 나선 무태식이지만 그렇다고 그의 안전을 무시할 수는 없었다.

"아무리 그래도 근접해서 지키는 사람이 있어야 할 텐데."

"그러면 알아차릴 겁니다. 그래서 우리가 이렇게 카메라까지 달아 둔 거 아닙니까?"

저들도 경호원이 있다고 한다면 의심하게 될 것이다. 그렇다고 원거리 경호를 하자니, 서로 원거리 경호를 하다 보면 상대방에 대해서 의심할 수도 있다.

어찌 되었건 이번 사건은 뒤에 세력이 없다는 것을 확실하게 보여 줘야 하는 것이니 사람을 붙일 수는 없는 노릇.

"저 녀석들이 총을 쓰지는 않을 테니 별일은 없을 겁니다."

한국에서 폭력 조직이 쓸 수 있는 것은 기껏해 봐야 칼 정도다. 더군다나 민간인을 대상으로 총을 쏘면 아무리 최재철이라고 할지라도 무마할 수 있는 수준이 아니다.

그러니 노린다면 슬쩍 다가와서 칼로 찌르는 수준이 될 것이다.

"그래서 방검복을 입혀 둔 거 아닙니까?"

"그거야 그렇지."

"그리고 저 녀석들은 여기서 습격 못 합니다."

"어째서?"

"녹음 파일을 먼저 내놓으라고 하겠죠."

저들의 약점은 바로 녹음 파일이다. 서장이 물러나면 다음 서장이 오는데 그 사람이 자신들 편이 될지 알 수가 없으니 어떻게 해서든 그 녹음 파일을 찾아야 한다.

"그들은 그게 최종 목적이라고 생각하고 있겠지?"

"하지만 그건 원래 미끼일 뿐이지요."

그게 최종 목적이었다면 이미 무태식은 도망갔어야 정상이라는 것을 그들은 모르고 있었다.

"슬슬 미끼를 물 시간이 된 것 같은데."

노형진은 힐끗 시계를 바라보았다.

생각보다 준비가 오래 걸리는 듯했다. 미끼를 안 문 걸까?

그럴 리 없다. 바보가 아닌 이상에야 여기서 다짜고짜 찌르지는 않을 것이다. 당연히 무태식을 납치해서 처리하려고 할 것이 뻔하니, 어떤 식으로든 무태식을 불러내려고 할 것이다.

때마침 움직이던 무태식이 멈춰서 전화를 받았다. 그리고 잠깐 통화하는 듯하더니 서둘러서 길 입구 쪽으로 나갔고, 때마침 지나가던 택시에 손을 흔들어서 그걸 타고 서둘러 움직이기 시작했다.

노형진은 그걸 보며 어이가 없어서 피식하고 웃음이 나왔다.

"얼씨구? 택시까지?"

"이래서 오래 걸렸나 보군."

이 시간에 택시를 쉽게 잡는 건 우연일 수가 없다.

이쪽은 상당히 복잡한 시장 안쪽이라 대부분의 택시는 이 안에까지 들어오지 않는다.

"하긴 택시를 타고 간 사람을 의심하는 사람은 없죠."

실종 신고를 해 봐야 어디서 실종되었는지 모르니까.

"머리가 좋아."

"그래 봤자지요."

노형진은 신호기에 뜬 무태식의 위치를 보면서 말했다.

"자, 그러면 우리 서장님 뵈러 한번 가 볼까요?"

픽! 하는 소리와 함께 무태식의 얼굴이 반대쪽으로 돌아갔다. 그리고 주먹을 내지른 남자는 히죽거리면서 웃었다.

"네가 그러고도 목숨이 남아날 거라 생각한 거야?"

"퉤."

피가 섞인 침을 뱉은 무태식은 그 뒤에 있는 도하성을 무섭게 노려보았다.

"네놈이 우리 아버지를 이런 식으로 죽인 거냐?"

"……."

"개새끼. 내가 네놈을 죽어서라도 저주할 거야."

"그 말은 숱하게 들었지만 죽은 후에도 찾아오는 새끼는 없더라."

행동대장으로 보이는 남자는 히죽 웃으면서 도하성을 바라보았다.

"한마디 하시죠."

"내가 뭘?"

"어차피 죽을 새끼인데 유언은 들어 줘야 할 거 아닙니까?"

"흠…… 난 몰라."

"모르기는 개뿔."

그는 도하성을 보며 실실 웃었다.

자기 욕심 때문에 동료에게 칼질을 한 새끼가 모른다니.

그는 자신이 들고 있던 칼을 도하성에게 내밀었다.

"처리하세요."

"아…… 아니, 그런 건 내가 잘……."

아직까지 사람을 죽여 본 적이 없는 도하성은 움찔했다.

"직접 손에 피를 안 묻혔다고 사람 안 죽인 거 아닙니다."

남자는 피식 웃으면서 칼을 회수했다. 그리고 무태식에게 다가와서 칼을 겨눴다.

"간땡이가 얼마나 부었으면 여기까지 기어들어 와? 어디 한번 봐야겠네."

"그런다고 진실이 가려질 것 같아? 네놈들이 우리 아버지랑 한백용 형사님한테 죄를 뒤집어씌우고 죽인 걸 이미 알고 있어!"

"그래서 뭐? 그건 네가 어쩔 건데?"

"진실은 언젠가 세상으로……."

말을 하던 무태식은 순간 입을 다물었다. 한 남자가 질질 끌려오고 있었던 것이다.

"진실? 아, 진실? 그딴 건 끌고 오면 되는 거야."

"어…… 어떻게……."

"우리가 병신인 줄 아냐? 네가 혼자 움직일 거라고 생각했겠냐고. 후후후."

남자는 차갑게 눈을 번뜩거렸다.

"네놈이 누군지 모르는 것도 아니고 알고 있는데, 네놈 카드 추적하는 건 식은 죽 먹기라고."

"설마……."

무태식은 분노에 찬 얼굴로 도하성을 노려보았다.

일개 조폭이 카드 회사에 물어봐서 확인했을 리 없다. 그게 가능한 것은 경찰. 그리고 여기에 경찰은 한 명뿐이었다.

"이 개새끼!"

슬며시 고개를 돌리는 도하성.

"네놈이……!"

"네놈이 녹음한 거 다 여기서 가지고 왔어."

끌려온 남자와 함께 그의 짐을 패대기치는 조폭.

"결국 진실이라는 건 주먹 아래에서는 아무런 의미도 없지, 후후후."

그는 칼을 무태식에게 들이밀었다.

"후회는 저승에 가서 해라."

그는 칼을 들어서 무태식을 찌르려고 했다.

하지만 그러기도 전에, 뒤에서 들리는 목소리에 몸이 멈춰 버렸다.

"그러는 넌 후회는 감옥에 가서 해라. 아, 그 칼은 움직이지 말고. 머리통에 총알구멍 나는 꼴 보기 싫으면."

어둠 속에서 나오는 그림자.

그 그림자를 보면서 모두들 움찔했다.

그의 손에 들려 있는 물건. 그건 아무리 어둠 속이라고 해도 알아볼 수 있는 형태였다.

그리고 그걸 가진 녀석들 중 자신들이 어찌할 수 있는 대상은 없었다.

"큭."

권총을 든 경찰들과 검찰들. 그들은 주변을 포위한 채로 천천히 다가오고 있었다.

"어…… 어떻게?"

"어떻게는. 생중계해 준 거지."

품 안에서 작은 마이크를 꺼내면서 웃는 무태식.

그리고 그걸 본 도하성의 얼굴이 창백해졌다.

"서장님…… 어떻게 서장님이…….."

그러나 자신에게 권총을 겨누고 있는 경찰들의 얼굴은 더욱 창백했다.

서장이라고 해서 믿었는데 폭력 조직과 손잡은 것도 모자라 동료 경찰을 죽인 살인범이었다니.

"이…….."

육거리파와 함께 있던 도하성은 어쩔 줄 몰라 했다.

설마 자기 부하들까지 모조리 올 줄이야.

"더 하실 말씀이라도?"

무태식은 웃으면서 일어났다. 그리고 빈정거리면서 반대쪽으로 움직였다.

당연히 나중에 잡혀 온 사람도 일어나서 히죽거리면서 그들에게 가운뎃손가락을 세웠다.

"아, 그리고 녹음한 거 말이지요."

검찰 뒤에서 나온 노형진은 그들에게 USB 하나를 살살 흔들었다.

"태워 봐야 소용없어요. 이미 복사해 놨거든요."

"이 미친…….."

"이게 21세기의 좋은 점이지."

육거리파는 분노로 부들부들 떨었지만 이미 카드는 떠난 후였다.

"그나저나 자네들이 죽였다는 그 경찰에 대해서 이야기를 좀 해 보자고."

검사는 그들에게 수갑을 채우면서 말했고. 도하성은 모든 것을 포기하고 고개를 푹 숙였다.

⚖️

―이번 사건은 경찰 내부의 부패 세력을 조사하면서 나온 결과로…….

서장이 폭력 조직과 결탁해서 동료 경찰을 살해한 건 아주 큰 사건이었다. 그리고 언론에서도 상당히 관심을 가지고 조명하고 있었다.

그런 뉴스를 보면서 손채림은 이해가 가지 않는다는 듯 노형진에게 물었다.

"도대체 왜 저걸 그냥 두는 거야?"

"응?"

"아니, 장만수 씨의 누명이 벗겨졌으니까 좋긴 한데, 왜 저걸 언론에 나가게 그냥 두느냐는 거야."

지난번에는 어떻게 해서든 막으려고 했다. 그런데 이번에는 그런 낌새도 안 보인다.

도리어 감춰야 한다고 하던 노형진이 적극적으로 언론에 홍보하는 상황.

감추려고 하는 그들이나 감춰야 하는 노형진이나 예상과 전혀 다르게 움직이고 있었다.

"그들의 입장에서는 사건을 무마해야 하는 필요가 있으니까."

"무마?"

"그래, 그들의 입장에서는 꼬리를 자르려고 하는 거지. 그런 거 있잖아, '나는 몰랐다.'라는 거."

"아하!"

부패나 범죄와 연루된 세력과 거리를 두는 방법. 그게 뭐가 있을까?

모른 척한다? 그래도 의심은 거두어지지 않는다.

그럴 때 가장 많이 쓰는 방법이 바로 그들을 공격하는 것이다.

"교회에서도 누군가 나쁜 짓을 하면 그 녀석을 이단이라고 해 버리잖아."

"그렇지."

"마찬가지야. 상대방을 공격해서 우리는 그들과 관련이 없다고 주장하는 거지. 더군다나 이번 사건은 월당동 화재 사건과는 관련이 없는, 서장과 폭력 조직 간의 비리일 뿐이야. 그러니 차라리 그들을 쳐 내는 게 더 편하다고 생각하는 거지."

"어째서? 그러면 그들의 손아귀에서 그 지역이 사라지는 거 아니야?"

"아니지. 경찰 조직은 어쩔 수 없다지만, 폭력 조직은 아니야."

이번 사건으로 육거리파의 보스와 행동대장 등 일부가 잡혀갈 테지만 모든 조직원들이 다 잡혀가는 것은 아니다.

그뿐만 아니라 육거리파의 재산이 모조리 사라지는 것도 아니다. 그건 그냥 남아 있다.

"어차피 방계에, 몰래 꾸리고 있던 조직이야. 회사로 치면 과장 하나 정도 사라진 거야. 내부에서 승진시키든 아니면 누구 하나 보내든, 메꾸는 건 어려운 게 아니지."

"음……."

"다만 전보다 세력이 줄어드는 건 어쩔 수 없겠지만."

경찰의 부도덕성이 만천하에 드러나고 심지어 그들을 위해서 경찰서장이 동료를 죽였다는 사실이 알려지면서 경찰 내부에서는 이를 악물고 있으니, 누가 배치되든 그들과 싸울 사람을 보낼 것이다.

"그러니 그들은 과거처럼 활개 치지는 못할 거야."

"그건 알겠는데, 우리는 또 왜 적극적으로 홍보하는 거야? 우리의 존재를 감춰야 한다면서?"

"감춰야 한다고 무조건 꽁꽁 감추기만 하는 게 능사는 아니야."

"응?"

"너 서류를 감출 때 가장 좋은 장소가 어딘지 알아?"

"어딘데?"

"재활용 폐지함."

"재활용 폐지함?"

"그래, 대부분 사람들은 뭔가를 감추면 드러내지 않는 게 능사라고 생각하거든. 하지만 그렇지 않은 경우도 있지."

지금 같은 경우는 새론이 나서서 사건을 조사한 것으로 한다면 당장은 그들이 짜증을 낼지도 모른다. 하지만 정당한 사건 처리이고 또 그다지 이상할 게 없는 사건이다.

이 정도 사건에서 배후가 드러나지 않는다면 도리어 그게 이상한 것이다.

"그런데 우리가 적극적으로 이걸 홍보한다면 뭐라고 생각하겠어?"

"짜증은 나겠지만 다른 목적이 있다고는 생각하지 않겠네."

"그래, 그게 내가 노리는 거야."

장혁우로부터 의뢰를 받은 것은 사실이고, 그의 의뢰에 따라서 사건을 조사하고 범인들을 잡은 것도 사실이다. 그들의 입장에서는 단순 의뢰를 해결한 새론을 의심할 이유가 없다.

더군다나 감추는 것도 아니고 적극적으로 홍보에 사용한다면 더더욱 감춘다고 생각하지 못하게 된다.

사실 20년이나 지난 감춰진 사건을 해결한다는 것 자체가 충분히 능력을 자랑할 만한 홍보거리니까.

"드러냄으로써 의심받지 않는다 이거구나."

"드러난 조직일수록 깨끗하다고 생각하는, 사람들의 단순한 착각이지."

노형진은 히죽 웃으면서 말했다.

"어찌 되었건 이번 의뢰는 끝이야. 하지만 그들과의 전투는 제법 오래가겠지."

"이길 수 있을까?"

"그건 모르겠어. 솔직히 신경을 안 쓰면 내가 편하기는 한데."

자신을 죽인 것에 대한 원망? 없다면 거짓말일 것이다.

하지만 새로운 삶을 살게 되었는데 과거에, 아니 이제는 일어나지도 않을 일 때문에 누군가를 증오하면서 살고 싶지는 않았다.

"하지만 그들의 범죄는 너무 답이 없어."

우주에서 무한대라고 할 수 있는 것은 우주 그 자체와 인간의 욕심뿐일 것이다.

과거에 국민 방위군 사건이라는 것이 있었다. 6.25 전쟁 당시 지원병을 보내기 위해서 국민들을 군대로 뽑은 것인데, 그게 문제가 된 것이 그들에게 가야 하는 식량과 보급품을 정부의 당직자들과 부패한 정치인들이 모조리 빼돌리는 바람에 몇만 명이 굶어 죽는 최악의 사건이 발생했기 때문이다.

인간의 욕심이라는 게 그렇다. 내 욕심을 채우려고 하면 남의 목숨은 아무런 가치도 없게 되는 것이다.

'그냥 그렇게 둘 수 없지.'

최재철은 그러고도 남을 인간인 것을 알고 있는 노형진의 입장에서는 물러날 수 없는 싸움이었다.

"전쟁은 지금부터야."

노형진은 지그시 입술을 깨물며 나지막하게 중얼거렸다.

마이 프레셔스

"이게 뭐래요?"

아버지의 집으로 왔는데 낯선 뭔가가 있었다. 상당히 오래
되어 보이는 성모마리아상이었다.

"아는 분이 주시더구나. 골동품이라고 하던데?"

"골동품요?"

"그래, 너희 엄마가 좋아하더라."

"그래요?"

하긴 자신은 무교이고 아버지도 무교이지만 어머니는 천
주교를 믿고 계신다.

다른 사람이 무슨 종교를 가지든 신경을 안 쓰기에 가족
내 종교전쟁 같은 건 벌어지지 않지만.

"종교물로 도배하는 것도 아니고, 그런 거 하나쯤 있어도 좋겠다 싶어서 말이지."

광신에 빠져서 집 안을 도배하는 것을 질색하는 아버지지만 어머니가 천주교를 믿고 있는데 성모마리아상 하나 두는 것 가지고 뭐라고 할 사람은 아니었다.

"그래서 선물이 들어온 거라고요? 이거 제법 비싸 보이는데."

"어쩌겠냐, 아무래도 상황이 상황이다 보니."

"아하……."

어깨를 으쓱하는 아버지를 보고 노형진은 대충 상황이 이해가 갔다.

자신도 엄청난 부자가 되었지만 아버지 역시 노형진의 투자 정보를 이용한 덕분에 재산이 1천억이 넘는 부자가 되었다.

그걸 가지고 사업을 하거나 떵떵거리면서 폼 나게 사는 게 아니라고 해도, 돈은 여러모로 삶을 바꾸게 된다.

'만나는 사람들 자체가 달라지지.'

물론 과거에 인연이 있던 친구들과 연을 끊어 버린다는 게 아니다. 돈이 있으면 자연스럽게 돈이 있는 사람들과의 인맥이 연결된다는 소리다.

그러니 누군가 어머니를 위해서 이런 선물을 주는 것도 자연스러운 일이고.

"골동품이라고요?"

"그래, 18세기 물건이라고 하더라."

"호오."

노형진은 그 물건을 이리저리 바라보았다.

자신이 무교이기는 하지만 천주교의 성모마리아상을 보면 절로 따뜻하다는 느낌이 들 수밖에 없었다.

"보관 상태가 좋네요."

"그러니까 미안해 죽겠어. 이런 건 비싸겠지?"

"부담되시나 봐요?"

"뭐, 주니까 받기는 했는데 부담이 안 되면 거짓말이겠지. 비싼 양주라도 하나 줘야 하나?"

"아버지 양주가 비싸 봤자 이것만 못할걸요."

"끄응."

머리를 부여잡는 아버지.

그걸 보면서 노형진은 피식 웃었다.

하긴 갑자기 부자가 된 아버지시니 부자들의 씀씀이에 대해서 잘 모를 것이다.

물론 양주도 어마어마하게 비싼 게 있기는 하다. 하지만 그런 걸 아버지가 들으면 손이 떨려서 사기는커녕 질색할 것이다.

'아직도 양주보다는 소주를 좋아하시는 분이니.'

노형진은 그걸 보면서 피식 웃었다.

그리고 성모마리아상에 슬쩍 손을 대 봤다.

"너 그거 건드리다 깨면 난리 난다. 등짝 스매싱으로 안 끝나. 너희 엄마가 얼마나 애지중지하는데."

"알아요. 내가 무슨 초등학생인가."

어머니의 입장에서는 이런 골동품은 진짜로 보물 중의 보물일 것이다. 확실히 척 봐도 먼지 하나 없이 깔끔하게 닦여 있고 주변에는 이런저런 성물들이 있다.

"그래도 골동품이라는 게 신기하잖아요. 우리 집 1호 골동품 아닌가요?"

"그렇기는 하네. 우리가 그런 것에 관심이 있어야지."

어깨를 으쓱하고는 다시 시선을 신문으로 돌리는 아버지.

노형진은 그걸 슬쩍 만져 봤다. 지문만 안 남는다면 문제가 될 것이 없다고 생각하면서.

'어?'

그 순간 노형진은 움찔했다.

'뭐지?'

아주 짧은 순간이지만 자신의 능력으로 읽어 낸 골동품의 기억. 그건 자신이 예상하던 게 아니었다.

'잘못 봤나?'

18세기 성모마리아상이라면 관련된 기억이 나와야 한다. 그런데 기억에 나오는 사람은 동양인이었다.

'이상한데. 이걸 거래한 상인이 동양인인가?'

그럴 수도 있다. 이런 물건이 한국으로 오려면 거래상을 통해서 와야 하니까.

노형진은 그렇게 생각하면서 혹시나 하는 마음으로 다시 기억을 읽었다.

아까와 다르게 직접 읽을 생각을 하자 본격적으로 기억이 흘러들어 오기 시작했는데, 그걸 읽는 노형진의 얼굴에는 당황함이 서리기 시작했다.

'어, 이게 무슨……?'

동양인이 맞다. 그건 아까 자신이 본 것과 정확하게 일치한다.

문제는 배경이다.

만일 이게 18세기 작품이고 골동품으로 온 거라면 그 뒤에 보이는 배경은 이런 걸 거래하는 사람의 사무실이나 경매장 같은 곳이어야 한다. 그런데…….

'공장?'

보이는 게 공장이다.

높은 천장, 철골로 된 건물 그리고 시끄러운 사람들까지. 전부 공장에서 볼 수 있는 풍경이 맞다.

더군다나 그 뒤에는 그 같은 사람이 여러 명 있고 그 주변에는 오래되어 보이는 물건들이 가득했다.

'이건…….'

그리고 그곳에서 일하는 사람들의 모습은 절대로 이런 비싼 골동품을 관리하거나 거래하는 종류의 것이 아니었다. 제대로 씻지도 않은 모습으로 매달려서 이것저것 하는 사람들의 옷은 꼬질꼬질했다.

그리고 그 기억의 주인의 생각을 봐서는…….

"끄응……."

"왜 그래? 설마 깨 먹었냐?"

"그게 아니라요."

노형진이 신음 소리를 내자 움찔하면서 바라보는 아버지.

노형진은 그런 아버지를 보면서 곤란한 듯 중얼거렸다.

"이거…… 가짜 같은데요?"

"가짜?"

"네."

"그분은 별말 없으셨어요?"

"아무 말 없었는데? 설마."

"설마가 아니라……."

그 기억 속에 있는 공장을 보면서 노형진은 머리를 절레절레 흔들었다.

"어머니가 슬퍼하시겠는데."

"가짜라고?"

"네."

그걸 준 사람은 상당히 당황했다.

이준식 역시 아버지처럼 지방으로 낙향해서 사는 사람이라 친목을 다지려고 그걸 선물한 것이었다. 그는 근처에 만든 자기 전원주택에서 살고 있었다.

"그럴 리가. 그건 내가 오래 거래한 곳에서 산 건데."

"골동품 수집이 취미신가 봐요?"

"그래."

그 역시 적지 않은 재산을 가지고 있는 사람이니 가짜를 줄 리 없다.

'이상하군.'

처음에는 그냥 모른 척할까 하는 생각도 했다. 상대방이 진짜라고 줬는데 그걸 가짜라고 가지고 가서 따지는 것도 예의가 아니라고 생각해서였다.

그러나 상대방 역시 속아서 샀을 가능성 역시 존재하기 때문에 그냥 넘어가는 것은 예의가 아닌 듯했다.

보통 선물이라고 하면 명품 가방 같은 걸 생각하지 상대방의 종교적 기념물을 생각하지 않는데, 그런 걸 챙겨 주는 사람이 알고도 가짜를 준 거라고는 생각하기 힘들기 때문이다.

아니나 다를까, 그는 노형진의 말에 상당히 당황했다.

걸려서 당황한 게 아니라, 생각하지도 못했다는 표정이었다.

"골동품이 가짜라는 거 모르셨습니까?"

"끄응…… 난 몰랐는데……."

당황해서 어쩔 줄 몰라 하는 이준식을 보면서 노형진은 입맛을 다셨다.

'취미로 시작한 분이신가 보군.'

좋게 말하면 투자라고 생각하고 시작하지만 잘 모르는 상황에서 골동품이나 예술품에 투자하는 것은 위험한 행동이다.

그래서 대부분의 사람들은 충분한 공부를 하고 시작하는데, 그렇다고 해도 가짜를 골라내는 데에는 한계가 있다.

"하지만 그럴 리가. 한두 개를 산 것도 아닌데."

"네?"

"내가 오래 거래한 곳이라고 했잖은가. 그래서 믿고 거래한 건데……."

"그러면……."

노형진은 입맛이 씁쓸해졌다.

"다른 것 중에도 가짜가 있겠군요."

순간 이준식의 얼굴이 험악하게 일그러졌다.

자신이 그곳과 거래한 게 벌써 10년째다. 그런데 가짜였다고?

"그쪽도 몰랐을 가능성이 있는 거 아닐까?"

노형진의 아버지인 노문성은 그런 그를 보고 혹시나 하는 마음으로 이야기를 꺼냈다.

하지만 노형진은 머리를 흔들었다.

"아니요. 이런 곳은 대부분 그렇지 않아요."

"아니라고?"

"네, 아무래도 금액이 크다 보니까요."

골동품은 가격이 제법 많이 나간다. 당장 그가 노형진의 집에 선물한 성모마리아상도 3,500만 원이라고 했다.

"그런 걸 취급하는 업자가 그걸 못 알아본다는 건 말도 안 되죠."

물론 사람마다 전문이 있으니 그쪽 전문가가 아니라고 할지라도, 그쪽 업계는 서로 연계되어 있어서 서로서로 상대방의 물건을 감정해 주는 시스템으로 구성되어 있다.

"허……."

그렇다면 알고 팔았다는 소리다.

이준식은 허망한 표정이 되었다.

그런 그를 보면서 노형진은 왠지 씁쓸했다.

"원래 이런 쪽은 믿음으로부터 시작해서 사기로 나아갑니다."

"뭐라고?"

"이런 고문서나 골동품 사기가 대부분 그래요."

처음에는 진품으로 거래한다. 그러다가 어느 정도 믿음이 생기고 오래 거래했다 싶으면 한두 개씩 가짜를 주기 시작한다.

걸리면 자기도 몰랐다고 환불해 주면 그만이고, 안 걸린다면 계속 팔아먹을 수 있으니까.

"이런 걸 사서 주변에 감정을 요청하는 사람은 드물거든요."

"끄응……."

감정을 요청하는 것은 따로 돈도 들여야 하거니와 자신에게 어떤 비싼 물건이 있다는 것을 보여 줘야 하는 일이다. 그

러니 대부분의 사람들은 거래처를 믿고 사지, 그 이후에 감
정을 따로 하지는 않는다.

"미안하네. 난 그게 진짜인 줄 알고……."

이준식은 노문성에게 진짜 미안한 듯 얼굴을 붉혔다.

노형진의 아버지인 노문성은 괜찮다는 듯 고개를 흔들었다.

"아니야. 자네 잘못이 아닐세. 그 녀석들이 문제지."

"그렇지, 끄응…… 내 이놈들을……."

이를 박박 가는 이준식.

그런 이준식을 보면서 노문성은 이상하다는 생각이 들었다.

"그런데 형진이 너는 그게 가짜인지 어떻게 안 거냐?"

"네?"

"너도 그다지 골동품에 대해서 잘 아는 건 아니지 않으냐?"

"아……."

확실히 그랬다. 자신도 아마 사이코메트리가 없었다면 그
게 진짜라고 생각했을 것이다.

그 정도로 정교하게 만들어진 물건이니까.

"얼마 전에 사건을 해결했거든요."

"사건?"

"네, 골동품 관련 사건이라서요 가짜 골동품을 확인하는
방법을 조금 배웠습니다."

"으음……."

그 말을 들은 두 사람은 그다지 의심하지 않았다. 의심할

만한 것도 아니었고 말이다.

"가짜라니……."

"아마도 중국에서 만들어진 걸 겁니다."

"중국?"

"네. 요 근래에 그런 일이 많다고 하더군요."

사람들은 중국산이라고 하면 무조건 조악한 품질에 위험한 물건이라고 생각하지만 중국은 그렇게 만만한 나라가 아니다.

땅이 넓은 만큼 인재도 많은 게 중국이다. 그들이 작심하고 위조하면 알아내는 것이 쉽지 않다.

"음…… 이놈을 일단 신고를……."

"안 됩니다."

"뭐라고?"

당장이라도 신고해야 한다는 이준식의 말에 노형진이 반대하자 그는 어리둥절했다.

"일단 피해자부터 확인하는 게 중요합니다."

"피해자?"

"네. 이런 사건의 공통점이 뭔지 아십니까?"

"뭔데?"

"엄청난 피해입니다. 만일 신고가 들어가면 전 재산을 들고 외국으로 튈 겁니다. 아마 재산의 대부분은 이미 빼돌려둔 후겠지요."

"설마."

"설마가 아닙니다."

이런 고미술품 사기는 절대로 한 명에게만 치지 않는다. 당연히 그들과 거래하는 모든 사람들에게 친다.

"이런 사건은 오래 믿음을 쌓은 후에 한 방에 치고 나가는 방식이 대부분입니다."

그 때문에 피해자도 많고 피해액도 어마어마하다.

작게는 몇십억이고, 크게는 백억 단위도 가뿐하게 넘어 버리는 게 이런 골동품과 고미술품 사기다.

"허, 그런……."

"물론 어르신은 아닌 듯하지만……."

노형진은 주변을 둘러보았다.

여기저기 놓여 있는 골동품과 고미술품. 그쪽으로 관심이 있다는 뜻이고 그걸 감추지도 않는다는 뜻이다. 즉, 자기는 떳떳하다는 것이다.

그러나…….

"다른 사람들은 이걸 부정 축재의 방법으로 쓰거든요."

"부정 축재? 그게 무슨 말인가?"

"불법적으로 번 돈을 이런 고미술품으로 보관한다는 거죠. 돈이 되니까."

"끄응……."

현금으로 보관하면 아무래도 덩치가 커진다.

맨 처음에 5만 원권이 나왔을 때 그게 부정 축재의 용도로 나왔다는 말이 절대 농담이 아닌 게, 현재 발행된 5만 원권의 30% 이상이 유통되지 않고 있기 때문이다.

그다음에 쓰이는 것이 금이다.

그런데 금은 거래할 때마다 세금을 내야 하고 다 보고된다. 그러니 아무래도 불법적 자금을 가지고 있는 사람으로서는 부담스럽다.

그에 반해서 예술품, 고미술품 그리고 골동품은 현금 거래해도 기록이 안 남고 시간이 지날수록 그 가치는 올라간다. 투자와 보관을 동시에 할 수 있는 것이다.

"그래서 그런 골동품이나 고미술품을 비밀리에 보관하는 사람들이 적지 않지요."

"으음……."

"문제는 거기서부터 시작입니다."

비밀리에 보관하다 보니 당연히 누군가에게 당당하게 검증받지는 못하는 것이다.

"초반에만 안 걸리면 거의 걸릴 가능성이 없지요."

"그렇지. 나만 해도 그랬으니까."

"이런 건 신용 장사니까요."

우울하게 중얼거리는 이준식을 보며 노형진은 고개를 끄덕였다.

골동품을 가진 사람은 특별한 상황이 아닌 한 중간에 그 물건을 검증하지 않는다. 그리고 초반에 거래할 때 상대방을 믿고 거래하는 성향이 강하다.

"차라리 새로 시작하는 사람들은 안전합니다."

믿음이 없으니 확인해 보고, 자신이 모르는 상황이니 당연히 전문가를 대동하고 확인한다.

"하지만 어르신같이 오래 골동품을 모은 분들이 문제입니다."

"하아, 인정하네. 내가 멍청했어."

"원래 운전도 중간이 제일 위험한 겁니다."

운전할 때 교통사고는 3년 차가 제일 많다.

이유는 간단한 게, 초보 운전일 때는 조심해서 운전하고 5년 차 이상은 어느 정도 경험도 쌓이고 해서 알아서 조심하는 데에 비해 3년 차면 애매하기 때문이다.

운전에 자신이 있으니 조심은 하지 않는데 사고 경험이 없으니 상대적으로 부주의해지는 것이다.

"이런 것도 마찬가지지요."

10년쯤 골동품을 보다 보면 알아보는 눈이 있다고 자신하게 된다. 그리고 전문가를 대동하지 않는다.

놈들은 바로 그런 작자들을 노린다.

"끄응."

이준식은 자신의 실책을 확인하고는 입술을 깨물었다.

"죄송합니다만 그동안 산 골동품을 볼 수 있을까요?"

"자네가 검증해 주겠나?"

"저도 확실하게 알 수는 없습니다. 어머니의 물건은 운이 좋았던 것뿐이라서요. 차라리 전문가를 모시는 게 좋을 듯합니다."

"전문가라……."

"네."

노형진이 기억을 읽어 낼 수도 있다.

하지만 그는 골동품을 볼 줄 모른다. 기억만 읽을 수 있는 것이다. 그러니 그 물건에 대한 설명을 하지 못한다.

당연히 전문가를 부르는 게 더 확실한 방법이다.

"혹시 믿을 만한 사람 있습니까?"

"믿을 만한……."

이준식은 고민하다가 고개를 흔들었다.

물론 자신도 전문가는 안다. 하지만 상황이 이렇게 되자 그들을 믿을 자신조차 없었다.

"더군다나 내가 아는 사람들은 그곳을 통해서 알게 된 사람들이 대부분이라……."

"흐음……."

노형진은 턱을 문질렀다.

물론 그들이 모두 짜고 벌인 일이라고 확신할 수는 없다. 하지만 서로 알고 지내는 것이라면 섣불리 부를 수는 없다.

'설사 서로 짠 게 아니라고 할지라도, 확인한 것을 알려 줄 가능성도 있단 말이지.'

그러면 상대방은 의심받는다는 것을 알고 재산을 들고 도
망갈 가능성도 존재한다.

"차라리 전혀 모르는 사람을 부르는 건 어때?"

"전혀 모르는 사람요?"

노문성은 노형진에게 그러는 게 어떤가 하는 생각을 말했다.

"어떻게요? 아는 분이 계신가요?"

"나야 모르지."

"그런데요?"

"텔레비전에 나오는 분들이 있잖아."

"아!"

골동품을 검증하는 방송 프로그램에서 나오는 전문가들.

그런 사람들은 아주 유명하기에 아쉬울 것이 없으니 사기
꾼들과 연관될 이유가 없다.

"비싸기는 하겠지만."

하지만 싸지는 않을 거라 생각해서 이준식을 바라보는 노
형진. 그러나 이준식은 이미 마음을 굳힌 듯했다.

"부르세. 가짜를 가지고 있는 것보다는 나을 테지."

노형진은 고개를 끄덕거렸다.

"흠……."

세 사람의 전문가들이 이준식이 가지고 있는 골동품을 이리저리 살펴면서 확인하고 있었다.

그들의 표정은 심각하기 이를 데 없었기에 그걸 보는 이준식은 불안한 얼굴이 되어 있었다.

"이거 어디서 사셨다고요?"

"'매원 고미술'이라는 곳에서 산 겁니다."

"매원이라……."

한 사람이 다른 두 사람을 바라보았다. 아느냐는 시선이었다.

한 사람은 모른다는 듯 어깨를 으쓱했고, 다른 한 명은 머리를 북북 긁었다.

"알기는 아는데 잘 아는 건 아니고."

"잘 아는 건 아니라고?"

"그래, 아버지 대에서부터 물려받은 곳이야. 내가 거래하는 건 아니지만."

"전형적이군요."

"전형적?"

"네."

아버지 대에서 물려받았다면 자연스럽게 아버지 대의 믿음이 자녀에게 넘어갔다는 소리다.

일반적으로 아버지가 물러날 준비를 하면 자녀를 거래하는 사람들에게 소개시켜 주니까.

"그런데 아들이 고미술에 관심이 있어야 하는데 없을 때가 문제지요."

그런 경우 아들은 뻘 생각을 하기 시작한다. 작은 물건 하나에 몇천, 큰 건 몇억이나 하니까.

"그래서 거래 안 한 건가?"

"그건 아니야. 원래 아버지 대에도 그다지 거래가 있는 건 아니었네. 다만 아버지가 고서적에 능력이 있어서 감정할 때 몇 번 도움을 요청한 정도? 아들이 물려받은 후에는 연락을 안 했지."

"그렇군."

그는 고미술 쪽 전문가이니 고서적은 잘 모를 테고, 그런 것에 대한 감정 의뢰가 오면 그를 불렀을 것이다.

"그런데 아드님과 거래하지 않았다는 건, 그의 실력이 그다지 좋은 건 아니라는 뜻이군요."

그는 고개를 끄덕거렸다.

"보는 눈이 없더군."

"하아……."

보는 눈이 없다는 것은 재능이 없다는 뜻도 되지만 관심이 없다는 뜻도 된다.

그렇게 되면 이 바닥에서는 여러모로 곤란해진다. 상대방이 가지고 온 물건이 진짜인지 가짜인지도 판단을 못하면 뒤통수 맞기 쉬우니까.

그렇다고 매번 사람을 부를 수도 없는 노릇이고.

"그래서, 어떻습니까?"

이준식은 걱정스러운 눈빛으로 물었다.

하긴 자신의 물건을 확인하기 위해서 그들을 불렀지, 가게에 대한 평가를 들으려고 부른 건 아니니까.

"뭐, 감정 결과대로 말한다면……."

그들은 한숨을 푹 쉬었다.

"상당수가 가짜입니다."

"이런 개 같은……."

이준식은 터져 나오려는 욕을 애써 참는 듯 입을 꾸욱 다물었다.

"물건의 40% 정도는 가짜입니다."

"혹시 어느 건지 확인해 주실 수 있나요?"

"어려운 건 아닙니다. 포스트잇으로 표시해 놨으니까요. 다른 분들을 불러서 확인해도 상관은 없습니다만, 대부분은 가짜라는 걸 알 겁니다."

"끄응……."

이준식은 속이 끓는 듯 신음 소리만 냈고 노형진은 그런 그를 다독거려서 물건들을 확인했다.

"대충 구입 시기를 확인해야 합니다. 그래야 언제부터 사기를 쳤는지 알 수 있습니다."

"끄응……."

이준식은 속으로 열불을 삼키면서 붉은색 포스트잇이 붙

어 있는 물건들을 이리저리 살폈다. 그리고 기억을 더듬더니 한숨을 푹 쉬었다.

"4년 전이군."

"네?"

"이 물건들, 4년 전부터 모은 것들이야."

"흠……."

그 전에 산 것들은 진짜였다. 그런데 4년 전부터 모은 것들이 가짜였다.

"아들이 물려받았다고 했죠? 얼마 전이죠?"

"7년 전일세."

"7년 전이라……."

그러면 그 후에도 3년간은 멀쩡하게 거래하다가 갑자기 그랬다는 건데.

"5년 전에 어르신이 돌아가셨지."

"어르신? 전 주인분요?"

"그래."

"끄응…… 대충 알 것 같군요."

"대충 알 것 같다니?"

"전에는 어르신이 계시니 장난을 못 쳤을 겁니다."

"허."

아무리 은퇴했다고 하지만 그렇다고 아예 가게에 안 나오지는 않았을 것이다. 당연히 가끔 나와서 상황을 확인했을 테고, 아들은 마음대로 하지 못했을 것이다.

그러나 아버지가 돌아가시고 난 후에는 그런 사람이 없을 것이다. 즉, 자기 마음대로 할 수 있게 됐다는 뜻.

"거기에다 아버지가 물려주신 분들은 대부분 큰손님들이지요."

감정인 중 그를 아는 사람이 고개를 끄덕거렸다.

"고서적 쪽에서는 작지 않은 규모지. 그 사람이 실력이 있었어."

그가 실력을 인정할 정도면 아마 상당한 전문가였을 것이다.

"그 후에는 여러 가지 물건들을 취급하기 시작했겠지요?"

"응? 어떻게 아나?"

"아버지가 고서적 전문가이니 그 전에는 고서적을 주로 거래했을 겁니다. 하지만 아들의 경우, 보는 눈이 없으니 그냥 되는 대로 거래했을 겁니다."

"헐…… 어쩐지."

이준식은 기억을 더듬어 보고는 한숨을 쉬었다.

확실히 그랬다. 전에는 고서적을 많이 취급했는데 지금은 이것저것 다 취급한다.

"어째서……. 집도 멀쩡하고 돈도 제법 벌고 있을 텐데."

부자들을 상대로 하는 장사다 보니 그 돈이 적지 않다. 그러니 크게 욕심을 부리지 않으면 평생을 떵떵거리지는 못해도 어렵지 않게 살 수는 있다.

부자는 경기 안 좋아진다고 돈이 떨어지는 사람이 아니기 때문이다.

"도리어 그래서 그럴 겁니다."

"그래서라니?"

"거래처가 모조리 부자들이니 한탕 하고 싶었겠지요."

"끄응……."

아들은 골동품에 재능도 없고 관심도 없다. 그런데 상대하는 부자들은 별 대단해 보이지도 않는 골동품을 수천만 원이나 수억씩 척척 내면서 산다. 자신은 그런 삶은 꿈도 못 꾸는데.

그러니 슬금슬금 욕심이 생겼을 테고…….

"하지만 돈에 쪼들리는 것 같지는 않던데."

자신이 사기당한 것이 아직도 믿기지 않는지 이준식은 혼이 나간 듯 중얼거렸다.

그런 그에게 노형진은 안타깝다는 듯 말했다.

"이런 사건은 빚 때문에 하는 경우는 드뭅니다."

"뭐라고?"

"말 그대로입니다. 이런 사업의 가장 기본은 신용이니까요."

신용이 제일 중요한 사업이다. 그리고 그 신용이 있으면 힘들어도 재기할 수 있는 게 이런 사업이다.

"그런데 그는 신용을 버렸지요. 그러면 그건 빚 때문이 아니라 욕심 때문이라는 소리입니다. 애초에 빚 때문이라면 이렇게 많은 양을 할 리 없지요. 서너 개만 사기 쳐도 어지간한

빚은 다 갚을 수 있으니까."

"욕심?"

"네, 돈 9천 원을 가진 사람은 돈 1천 원을 가진 사람의 돈을 빼앗아서 1만 원을 채우고 싶어 한다고 하지요."

"끄응……."

"그런 겁니다."

그동안 사기 친 시간이나 행동을 봐서는 절대 다급해서 한 사기가 아니다.

"애초에 4년간 사기를 쳤다면 그 금액이 얼마나 될까요?"

그러면서 이준식을 물끄러미 바라보는 노형진.

이준식은 질끈 눈을 감았다.

"내가 가져다준 것만…… 5억은 넘을 걸세."

"허."

어이가 없는 듯, 노문성의 입에서 탄성이 절로 나왔다.

절대로 적지 않은 금액이다.

그런데 문제는 그 녀석이 이준식에게만 사기를 치지는 않았을 거라는 것이다.

"만일 매원의 이름의 가치가 내가 기억하는 수준이라고 하면……."

감정사는 잠깐 생각하더니 눈을 찡그러트렸다.

"피해액이 수백억이 될 수도 있습니다."

"수…… 수백억!"

"물론 과거와 같지는 않을 겁니다, 나처럼 주인이 바뀌고 거래를 끊은 사람이 적지 않을 테니. 하지만……."

이런 건 신용이 중요하다. 그리고 대를 이어 가는 신용이라는 것은 상당한 가치를 지닌다.

"100억은 가뿐하게 넘을 겁니다."

"헉!"

이준식은 자신도 모르게 숨을 삼켰다.

그가 부자라고는 하지만 절대로 무시할 수 없는 어마어마한 돈이기 때문이다.

"아무래도 일이 커질 것 같군요."

노형진은 곤란한 듯 머리를 긁으면서 중얼거렸다.

이준식은 자신이 아는 한에서 최대한 매원과 거래하는 사람들을 불렀다.

경찰에 신고할 수도 있지만 일단 피해액과 그런 걸 확실하게 해야지, 그러지 않으면 외국으로 튈 수 있다는 노형진의 말 때문이었다.

노형진은 정식으로 수임하는 한편 고문학의 팀을 동원해서 매원 고미술과 그 사장인 유치환의 뒤를 조사했다.

그리고 드디어 결과가 나왔을 때 이준식은 너무 허탈해서 말이 안 나올 지경이었다.

"그래서 어떻게 되었습니까?"

"내가 만난 사람들은 스무 명일세."

"그렇게나 많나요?"

"매원이라는 곳이 이곳에서 가지는 이름은 가벼운 게 아니니까."

"그래서 피해액이 얼마나 되지요?"

"그들을 포함해서 87억일세."

"얼마요?"

노형진은 자신의 귀를 의심했다.

"87억일세, 내가 아는 사람만."

"헐."

극비리에 전문가들이 검증한 것이니 틀리지는 않았을 것이다.

그리고 듣기로는 차마 자신이 사기당했다는 것을 믿을 수가 없어서 그들이 따로 사람을 구해서 알아봤다고도 한다. 그러니까 착각의 가능성은 거의 없다고 봐도 무방하다.

"대부분의 고객을 아는 건 아니지요?"

"아니지."

그의 인맥이 무제한은 아니다. 그러니 매원 고미술과 거래하는 모든 사람을 아는 것은 아니다.

그러니까 이 금액은 기하급수적으로 늘어날 수밖에 없다

는 뜻이다.

"아니, 이런 게 가능해? 87억?"

손채림은 어이가 없다는 듯 말했다. 그리고 노형진은 한숨을 쉬었다.

"가능해."

"어떻게?"

"한국은 외국처럼 전문 경매가 없으니까."

외국은 이런 골동품에 대한 전문 경매가 존재한다. 그러니 투명한 거래가 가능하다.

"하지만 한국은 고미술이나 골동품이 부정 축재의 도구로 사용되다 보니 그렇게 투명하게 거래하는 문화가 아니야."

"그래서?"

"그러니까 가능하지. 지금 어르신이 말한 스무 명도 합법적으로 거래한 사람을 기준으로 한 걸걸. 안 그런가요?"

그가 불법적으로 거래하는 사람을 알고 지낼 것 같지는 않다. 불법적으로 거래하는 사람들은 가지고 있는 것도 감추려고 하니까.

"그러네. 다들 일가를 이룬 이뤘고 스스로 성공한 사람들이야."

"그러면 부정하게 축재한 사람들의 돈까지 생각하면, 못해도 300억대 사기 사건은 되겠군."

"미친."

손채림은 어이가 없다는 듯 고개를 흔들었다.

노형진은 그런 그녀를 보면서 입을 열었다.

"나온 게 있어?"

"그래, 그놈이 이렇게 사기 쳤다면 뭔가 있을 거야."

발끈하면서 물어보는 이준식.

손채림은 그런 그를 보면서 자신들이 조사한 것을 말해 줬다.

"공식적으로 유치환의 재산은 21억이에요."

"21억?"

"네."

"고작?"

"강남에 있는 아파트가 14억이고 현금이 4억 그리고 기타 물품 같은 것을 합쳐서요."

수억이나 되는 사기를 친 놈이 그럴 리 없다.

빚을 갚는 데 썼다고 보기에는 사기를 친 금액이 너무 어마어마하다.

"그럼 그 재산은 어디로 간 거야?"

"그게 문제인데……."

"문제라고 하면?"

"대만에 계좌가 있는 게 발견되었어요. 하지만 그 내부까지는 접근하지 못했어요. 그래서 그 안에 얼마나 있는지 알 수가 없습니다. 뭐, 상황을 봐서는 그곳에 빼돌린 돈이 있는 것 같더군요."

"끄응······."

안 봐도 너무나 뻔한 상황이다. 발각될 때를 대비해서 빼돌렸을 게 뻔하다.

"특이 사항은 또 있어요."

"뭔데?"

"대만에 주택도 하나 있어요."

"허."

아무리 봐도 여차하면 대만으로 튀겠다는 뜻이다.

대만은 한국과 수교국이 아니다. 그럴 수밖에 없는 게, 대만은 중국에서 찢어진 나라다. 그런데 중국은 하나 된 중국이라는 정책을 통해서 대만을 국가 취급을 하지 않고 있고 대만과 수교한 나라와 거래하지 않는다.

그런데 어느 쪽으로 보든 대만보다는 중국이 훨씬 크고 매혹적인 시장이다.

그 때문에 한국은 중국과 수교하느라 어쩔 수 없이 대만과 단교해야 했다.

'당연히 대만은 범죄자 송환 조약 따위도 없지.'

그러니까 대만으로 튄다면 잡아 올 방법이 없다는 뜻이다.

"집에 은행까지, 작심했군."

이준식은 분노로 부들부들 떨었다.

"만일 신고하면 바로 외국으로 튈 거예요. 지금 있는 집도 매물로 나와 있어요."

"매물로 나와?"

"네. 월세로 이사를 가려고 하는 것 같더라고요."

"월세라……."

그건 두 가지 의미가 있다.

하나는 돈이 없다는 것.

다른 하나는 외국으로 튈 준비를 한다는 것.

"확실히 후자겠군요."

서울의 14억짜리 아파트는 들고 갈 수 있는 게 아니다. 그러니 자신이 발각된다면 빼앗길 수밖에 없다.

그러나 비슷한 등급의 월세는 보증금 대략 2억쯤 할 것이다. 그리고 바로 빼서 나갈 수 있으니 탈출할 때는 유리하다.

설사 못 한다고 해도 14억을 빼앗기는 것보다는 2억을 빼앗기는 것이 훨씬 좋을 테고 말이다.

"당장이라도 가서 잡아가세!"

"그건 안 됩니다."

"어째서!"

"이 녀석은 이미 모든 준비를 해 놨습니다. 그런데 경찰에 신고하면 어떻게 될까요?"

"크윽."

하는 짓거리를 봐서는 경찰에게 기름칠을 해 놨을 가능성이 높다. 그렇다면 신고가 들어가는 순간 연락을 받을 테고, 바로 대만으로 도망갈 것이다.

"그, 뭐냐, 출국 금지? 그런 걸 신청하면 되잖아!"

"그게 문제입니다. 이건 정치 사건이나 큰 사건이 아니에요."

"뭐?"

"일단은 고소한다고 해도 출국 금지가 나오는 데 시간이 필요하다는 겁니다."

고소하면 일단 가장 먼저 출두 요청을 한다. 그리고 경찰에서 조사하고, 조사한 후에 검찰로 넘어간다.

그런데 이럴 때 경찰에서 구속의 필요성이 있으면 구속영장을 신청하는데, 구속영장을 신청하는 경우 보통 나오는 데 이틀은 걸린다.

설사 나온다고 해도 영장 실질 심사 등을 통해서 풀려나는 경우가 적지 않다.

"신고하는 순간 도망치게 될 가능성이 높습니다."

"미친."

당장 모든 재산을 대만으로 돌려놨는데 한국에 남아서 처벌을 받을 생각은 없을 것이다.

"상대방이 누군지나 알고!"

"그런 거 신경이나 쓸까요?"

애초에 부정 축재를 하기 위해서 골동품을 긁어모으는 사람들이 주 고객이다. 그러니 정상적이고 바른 사람은 아닐 테고, 정치계나 경제계 쪽에 인맥이 있는 사람들일 것이다.

그런데 그런 사람들에게 사기를 쳤는데 신경이나 쓸까?

"어차피 한국에서는 못 삽니다."

"끄응……."

이준식은 분노로 이를 박박 갈았지만 딱히 어떻게 해야 할지 방법을 알 수가 없었다.

일단 신고하는 건 보류하라고 다른 사람들에게 이야기해 놨지만 사람들이 언제까지 참을지는 알 수가 없기 때문이다.

"방법이 없나? 최소한 출국 금지가 떨어질 때까지는 막아야 하는데."

"흠……."

노형진은 머리를 북북 긁었다. 그리고 한참 지나서 눈을 반짝였다.

"차라리 적극적으로 미끼를 던지죠."

"적극적으로 미끼를 던지자니?"

"그 녀석이 절대로 포기할 수 없는 걸로 꼬이는 겁니다."

"그리고?"

"그 후에 현행범으로 체포하는 거죠."

"아하!"

현행범으로 체포하면 마흔여덟 시간 동안 구금 상태로 조사할 수 있다는 규정이 있다.

"그 시간 내에 구속영장을 청구해서 영장이 나오면 그 녀석은 어디로 가지도 못합니다."

"이틀이라. 짧은데……."

이준식은 불편하다는 얼굴이 되었다.

"보통은 짧지요. 하지만 증거가 충분하다면 됩니다."

"증거라 하면?"

"아는 분들의 피해만 100억 가까이 된다면서요?"

"아하!"

그들의 거래 내역과 그리고 산 물건이 가짜라는 증거를 모으면 적지 않은 양이 될 것이다.

"그리고 중요한 건, 그가 거래한 다른 사람을 찾는 거죠."

"다른 사람?"

"네."

"누구 말인가?"

"부정 축재를 한 사람들요."

"부정 축재를 한 사람들?"

"네."

사람들이 잘못 생각하고 있는 것 중 하나가 바로 구속에 관한 것이다.

구속은 어디까지나 도주 및 증거인멸의 염려가 있을 때 그걸 막기 위해서 하는 것이다. 그런데 일부 사람들은 강력 범죄라면 당연히 하는 걸로 알고 있었다.

"그런데?"

"일반적으로 구속영장의 청구에 피해자는 영향력을 행사하지 않습니다. 아니, 못 하죠. 우리나라에서는 형사 단계에서 피해자를 철저하게 무시하도록 되어 있으니까요."

그들의 의견을 듣는 것은 경찰서가 마지막이고, 실제로 검찰에서 그들의 의견을 듣는 경우는 극히 드물다. 더군다나 기소 독점권을 가지고 있는 검찰은 피해자가 얼마나 억울한지 그다지 신경 쓰지 않는다.

그래서 가해자들도 검사와 판사에게 반성했다고 죄송했다고 빌지언정 피해자에게 사과하는 경우는 드물다.

재판 단계에서 합의서가 있고 없고가 어느 정도 영향력이 있기는 하지만 아주 큰 정도는 아닐뿐더러, 사실 사과를 받아 주지 않아도 무작정 공탁을 하면 선처해 주는 건 마찬가지니까.

"하지만 부정 축재를 위해서 이런 골동품을 모은 사람들은 어떤 이들일까요?"

"호오?"

공식적으로 드러낼 수 없는 돈을 가진 사람.

그걸 가지고 있다고 하면 문제가 될 사람들.

공무원, 정치인 그리고 권력자.

"그들이라면 출국을 막는 게 어렵지 않을 겁니다."

"막는 게 아니라 아예 나가지도 못하게 될 것 같은데?"

이준식은 노형진의 말을 이해한다는 듯 고개를 끄덕거렸다.

본인이 부자인 만큼 권력을 가진 작자들의 힘에 대해서는 누구보다 잘 알고 있다. 자신이 그들과 거리를 두려고 해서 친하지 않은 것일 뿐.

"하지만 누가 그들과 거래하는지 알 수가 없지 않은가?"

"아니요. 알 방법은 있지요."

최소한 다른 사람은 몰라도 자신은 알 수 있다는 생각에 노형진은 그저 씨익 웃고 말았다.

"노형진이라고 합니다."

"어서 오세요."

노형진은 이준식의 소개를 통해서 매원의 사장인 유치환을 만났다.

"내가 아는 분이네. 이번에 골동품을 사고 싶다고 하더군, 허허허."

이준식은 속으로 이를 박박 갈면서도 애써 속으로 화를 삼키면서 노형진을 소개시켜 줬다.

마음 같아서는 당장이라도 때려죽이고 싶었지만, 그러면 이 녀석은 바로 해외로 튈 것이다.

'개자식.'

조금씩 파고들자 그의 움직임이 드러나고 있었는데, 그중 하나가 바로 자녀들을 대만에 있는 학교로 전학시키려고 하는 것이었다.

즉, 조만간 진짜로 해외로 튈 생각을 가지고 있다는 소리다.

그냥 그렇게 둘 수 없으니 어떻게 해서든 그를 잡아야 해서, 이준식은 말 그대로 사력을 다해서 화를 억누르고 있었다.

"반갑습니다."

노형진은 그의 손을 잡으면서 인사했다.

그러나 유치환은 얼굴은 웃고 있을지언정 속은 그다지 기분 좋은 상태가 아니었다.

'그래, 그렇겠지.'

이런 사업은 개인이 알아서 찾아오는 경우는 드물다. 그래서 대부분이 소개를 통해서 찾아오는데, 그런 사람들은 골동품에 대해서 잘 모른다.

가르치는 것? 그건 문제가 되지 않는다. 잘 알려 준다면 미래의 주요 고객이 될 수도 있으니까.

하지만 지금 유치환의 상황에서는 좋을 수가 없었다.

'혹시나 하고 있겠지?'

처음 시작하는 사람이다 보니 제대로 안목도 없다. 그리고 다른 사람들에게 소개받아서 왔다고 해도 그 상대방을 100% 믿지 않는다. 그러니 주변에 자신이 산 물건에 대해서 물어보는 경우가 적지 않다.

'더군다나 처음에 이런 걸 시작하면 자랑하는 놈들이 많거든.'

그러다 보니 가짜를 팔았다가는 나중에 골치 아파지고 사기를 치기도 애매해진다.

"골동품을 보신다고요?"

"네, 좋은 게 있다면 사 볼까 하고요."

"원하는 품목이라도 있습니까?"

"네? 품목요? 무슨 품목요?"

"골동품이라고 해도 다 똑같은 게 아닙니다. 기본적으로 서적에서부터, 그림 물품 같은 것도 있지요. 각자 자신이 원하는 취향을 많이 선택하십니다."

"그래요? 전 처음이라……."

마치 아무것도 모른다는 듯 두리번거리는 노형진.

"그냥 한번 시작해 볼까 해서요. 아버지가 이런 걸 한번 해 보라고 해서……."

"아버님?"

"이 사람 아버님이 수천억대 재산가라네. 그런 집안이니 그런 걸 한번 배우고 싶은가 보더군."

"아아……."

유치환의 눈에 한순간 부러움과 동시에 경멸이 스치고 지나갔다.

그렇게 돈이 많아서 골동품을 시작하는 놈들이 적지 않기 때문이다.

"그래도 평소에 생각해 본 거 없습니까?"

"음…… 평소에는 피규어를 좀 모았습니다."

유치환은 순간 이 병신은 뭔가 하는 시선으로 바라보았다.

이것이 법이다

물론 아주 찰나였지만, 그걸 읽지 못할 노형진이 아니었다.

'아니, 피규어가 어때서?'

결국 뭘 하든 자기만족이 중요한 것이다.

'취향입니다. 존중해 주시죠.'라는 말은 그냥 장난삼아 하는 말이 아니라 정상적인 삶의 방식이다. 남에게 오지랖을 떨어 대는 것은 서로에게 피곤할 뿐.

"음…… 그런 거라면 조각상은 어떠신가요?"

"조각상요?"

"네, 아무래도 상대적으로 관리가 쉽거든요. 처음 입문 하시는 분이라면 관리법도 잘 모르실 테니까요."

"그런가요?"

"네, 서적이나 그림은 종이로 되어 있는 경우가 많아서 제대로 관리하지 않으면 순식간에 썩어 버립니다. 하지만 조각상은 부서지는 경우만 조심하면 되니까요."

"하지만 책이나 그림은 부서지지 않잖아요? 제습기 같은 거 틀어 두고 보관하면 안 되나?"

"절대 안 됩니다. 책이나 그림은 오래된 종이라 그 자체로 상당히 말라서, 잘못하면 바스라질 수도 있고요. 너무 습기가 없어도 말라서 자연스럽게 바스라집니다. 적절한 습도를 유지하는 게 생각보다 쉬운 일은 아니지요."

"그런가요?"

노형진은 아무것도 모르는 척했다. 사실 모르는 것이 사실이기도 하지만.

"그러니 조각상 같은 걸 한번 모아 보시죠."

"네."

노형진은 무심하게 고개를 끄덕거렸다. 그리고 이리저리 구경하러 다니기 시작했다.

"그건 만지시면 안 됩니다."

"네."

노형진이 설치고 다니자 불안한 듯 따라다니는 유치환.

이준식은 그런 그를 바라보다가 그중에서 하나를 스윽 가리켰다.

"이 불상 어떤가? 제법 좋아 보이는구만. 역사도 오래되어 보이고."

"어, 그러네요. 좋아 보여요."

노형진이 말하자 유치환은 어색하게 웃었다.

"그건 안 되는데요."

"왜?"

"아, 그건…… 진품이 아닙니다."

"응?"

"데코용으로 가져다 둔 가짜여서요."

"그래? 진짜 같은데?"

이준식은 품에 칼 하나를 품고는 그대로 폭 찌르듯이 말했다.

"내 눈도 삐었구먼. 이딴 가짜를 진짜로 보다니."

"하하하…… 누구든 실수하는 날이 있는 법이지요."

왠지 찔끔하는 얼굴로 고개를 스윽 돌리는 유치환.

노형진은 그를 보며 속으로 비웃음을 떠올렸다.

'웃기고 자빠졌네.'

자신이 없었다면 아마도 진품으로 팔았을 것이다. 하지만 자신이 있으니 진품으로 팔지 못한 것이다.

자신이 사 가면 분명히 아버지가 알아보려고 할 테고, 그러면 걸릴 테니까.

"그럼 이건 진짜인가?"

"이건 진짜입니다."

"그래?"

작은 불상을 이곳저곳 바라보는 노형진. 확실히 진품으로 보이기는 했다.

"이거 얼마예요?"

"카드로 하시면 3,400만 원입니다."

"카드? 아부지가 현금으로 하라고 했는데요?"

"네? 현금요?"

조용히 듣고 있던 이준식이 헛기침하면서 그들 사이에 끼어들었다.

"크흠…… 아무래도 사정이 있어서 말이지. 자네도 알지? 좀 사정이 있어서, 기록을 남기는 게 좀 곤란해서 말이지, 크흠."

나지막한 이준식의 말에 유치환은 입맛을 쩝쩝 다셨다.

곤란하다는 그런 게 아니라, 아쉬움의 표현이었다.

'아깝네. 조금만 더 일찍 만났으면 적지 않게 털어 냈을 것 같은데. 하는 짓도 호구 같고.'

하지만 이제 와서 사기를 치기에는 너무 위험하다.

만일 사기를 쳤는데 가짜인 것이 알려진다면 주변에서 다들 달려들 것이다. 일이 거의 마무리되어 가고 있는데 그렇게 되는 것은 절대로 사절이다.

"음…… 무슨 뜻인지 알겠습니다."

"그러니까 잘 부탁하네."

이준식은 슬쩍 말하면서 뒤로 물러났다.

유치환은 고개를 끄덕거렸다.

오래 거래한 사람이니 그 정도 부탁은 들어줄 수 있다. 어차피 그래 봤자 얼마 못 해 주지만.

"그런데요."

"응?"

"이런 거 경험 있어요?"

"무슨 경험요?"

"이런 장물들 처리하신 경험요. 아부지가 그런 거 할 줄 모르는 사람하고 거래하면 나중에 뒤가 찝찝하다고 그랬는데."

노형진은 슬쩍 유치환에게 바짝 붙어서 물었다. 그러자 유치환은 순간 당황했다.

"어허, 그런 질문은 하는 게 아니야."

"아, 그런가요?"

"아무리 철이 없다지만, 이러면 곤란하네. 내가 어련히 알아서 소개시켜 줄까."

"죄송해요."

슬쩍 몸을 떨어뜨리는 노형진.

이준식이 나서서 유치환에게 사과했다.

"미안하네. 자네도 보다시피…… 알지?"

"하아, 네. 알 것 같습니다."

전형적인 개념 없고 세상모르는 갑부의 아들이다. 철이 없어서 미래가 깜깜한 무능한 모습.

"에잉…… 오늘은 아무래도 날이 아닌 것 같군. 내 나중에 다시 데려옴세."

"네?"

"이런 거 하려면 최소한 기본 소양은 있어야지. 이런 천둥벌거숭이를 끌고 다니다가 뭐라도 하나 깨 먹으면 어쩌나?"

"그렇기는 하지요."

"미안허이. 내가 좀 가르친 뒤에 다시 데리고 오겠네."

어리둥절한 표정의 노형진을 끌고 바깥으로 나온 이준식.

그는 조금 떨어진 곳에 가자 무서운 눈빛으로 매원을 노려보았다.

"개자식."

그럴 수밖에 없는 게, 전에 자신이 가서 살펴봤을 때 아까

본 그 불상이 가짜라는 이야기는 해 주지 않았다. 그때 안 샀으니 망정이지, 샀으면 뒤통수를 맞을 뻔했던 것이다.

"노 변호사, 자네가 봐서는 어떤가?"

좀 전까지의 어벙한 모습을 모조리 지워 버린 노형진은 그런 이준식을 보며 씩 웃었다.

"확실히 거래하는 사람들이 있습니다."

"누군지는 알 수 있고?"

"여기저기에 작은 마이크를 붙여 놨으니 통화 내역이 나올 겁니다."

"나올까?"

"나올 테니까 걱정하지 마세요."

물론 마이크는 없었다. 하지만 아까 그가 움찔하는 그 순간에 노형진은 그가 거래하는 사람들 중 일부의 기억을 읽을 수 있었다.

'제법 많네.'

그리고 그 기억에 따르면 상당히 큰손이 많았다.

좋게 말하면 큰손이지만 나쁘게 말하면 부정 축재를 하는 나쁜 놈들.

"그들에게 가서 도움을 요청할 건가?"

"에이, 그럴 리가요."

"응?"

"도와 달라고 한다고 그 녀석들이 호락호락하게 도와주겠습니까?"

"그게 무슨 소리인가?"

"그 녀석이 왜 부정 축재를 하는 놈들을 노렸겠습니까? 당연히 검증을 못 할 걸 알고 노렸지요."

"아하!"

자신들이 가서 당신이 가지고 간 골동품이 가짜라고 이야기한다고 한들 그 사람들이 순순히 인정하면서 그걸 내주지는 않을 것이다. 애초에 구입 자체를 인정하지 않을 가능성이 높다.

"그러면 어쩌자는 건가?"

"그들을 빡치게 만들면 됩니다."

"빡치게 만들어?"

"이 세상에서 제일 큰 죄목이 뭔지 아십니까?"

"살인?"

누구나 그렇게 생각할 것이다.

하지만 그건 어디까지나 법적인 부분. 진정으로 큰 죄목은 법적인 게 아니라 개인적인 것이었다.

"이 세상에서 가장 큰 죄목은 다름 아닌 괘씸죄입니다, 괘씸죄. 후후후."

노형진은 그 괘씸죄에 유치환을 엮어 볼 생각이었다.

일석이조

　노형진은 그날부터 기억 속에 있었던 작자들에 대한 추적
을 시작했다.

　아주 찰나의 기억이라 많지는 않았지만 이름만으로도 찾
을 수 있는 자리에 있는 자들이었다.

　애초에 찔끔하는 순간에 생각날 정도로 힘이 있는 자리에
있는 사람들이니 찾는 것은 어려운 것이 아니었다.

　노형진은 그중에서 한 사람에게 집중했다.

　자신이 익히 아는 사람이었다, 그는 자신을 모를 테지만.

　노형진은 반가운 나머지 절로 미소가 떠올랐다.

　"김세악 현 충북경찰총장이라."

　아주 끗발 날리는 자리에 있는 사람이자 재산을 아주 많이

빼돌린 사람이었다. 그리고 자신이 노리는 최재철의 일파인 녀석이다.

그가 기억 속에서 산 골동품 매매 대금만 무려 13억을 넘어가니 도대체 얼마나 빼돌린 건지 알 수가 없는 지경이었다.

'이번 기회에 이 녀석에게 한 방 먹이는 것도 좋겠군, 후후후.'

노형진의 눈에서 빛이 뿜어져 나왔다.

이건 하늘이 내린 기회였다. 그리고 그러기 위해서는 확실하게 처리해야 하는 게 있었다.

"그래서, 의심하는 곳은 찾았어?"

당연히 그를 캐는 것은 손채림에게 떨어진 일이었고, 손채림은 얼마 걸리지 않아서 의심스러운 곳을 찾아낼 수 있었다.

"고미술품이라고 했지?"

"응."

"그러면 이곳일 가능성이 높아."

그녀는 한 장의 사진을 꺼내 들었다.

"여기는 뭐야?"

"김세악이 꾸민 가족묘."

"가족묘?"

"응."

"아니, 웬 가족묘?"

"고미술품이라고 했잖아. 그러면 그가 그걸 보관할 수 있는 공간은 한정적이잖아."

"그렇지."

"그런데 그 사람 집에는 그런 게 없어 보인단 말이지."

그가 사는 곳은 아파트다.

아파트는 실제로 그다지 넓은 공간은 아니다. 그러니 그곳에 숨긴다는 것은 한계가 있다.

"그래서 주변에 감출 만한 공간을 찾아봤어. 창고 같은 거."

"그런데?"

"없더란 말이야."

"차명으로 빌린 거 아냐?"

"그런 생각도 하기는 했는데……."

하지만 창고의 보안 수준은 뻔하다.

더군다나 그런 곳을 빌려서 보안을 높이기 위해서 공사하면 소문이 날 수밖에 없다. 남의 건물이니까.

그걸 막기 위해서는 건물을 사야 하는데…….

"그러면 또 그 돈이 들어간단 말이야."

"음……."

"거기에다가 이름 빌려준 놈이 털어 버릴지도 모른다는 문제도 생각해야 하고."

"하긴."

만일 당사자가 그걸 열고 가져가겠다고 하면 막을 수 있는 방법은 없다. 차명이니 그걸 막을 수 있는 법적 권한도 없고.

"그래서 다른 쪽으로 생각했지."

"다른 쪽?"

"고미술품은 보관하기 위해서 상당히 공을 들여야 한다면서?"

"그건 그래."

노형진은 고개를 끄덕거렸다.

고미술품은 보관이 쉬운 물건은 아니다. 박물관도 그런 걸 보관하기 위해서 전용 창고를 만들어야 한다.

"김세악이 만일 그런 걸 보관한다면, 매일같이 붙어서 관리하지는 못할 거 아니야?"

"그렇지."

"그러면 부서지거나 손상이 생길 수 있는데, 내가 듣기로는 손상이 있고 없고의 차이가 어마어마하다며?"

"어마어마하지."

고서적의 경우 최고 1천만 원에 달하는 책이라도 상태가 좋지 않으면 100만 원 정도로밖에 팔리지 못하는 경우가 많다. 그러니 골동품을 보관하는 사람들이 보존에 그렇게 신경을 쓰는 것이고.

"그러면 그런 설비를 하지 않을까 하는 의심을 했어."

"설비! 아하!"

고미술은 종이로 되어 있다.

노형진이 매원에 찾아갔을 때 유치환은 처음이니 관리가 힘든 고미술이나 서적보다는 조각품을 수집해 보라고 했다. 그만큼 관리가 쉬운 게 아니라는 뜻이다.

"그 녀석이 매일 관리할 수는 없으니 전문 장비를 사용하겠군."

"그래서 좀 알아봤지."

땅 같은 것은 기록에 오래 남으니 김세악도 신경을 쓰기는 했을 것이다.

하지만 단순 카드 결제 같은 것은 그다지 신경 쓰지 않는 게 사람이다. 물론 고가라면 몰라도, 상대적으로 고가가 아니라면 무심결에 결제하는 것이 바로 사람이다.

"그런데 제습기를 산 기록이 있단 말이지."

"그거야 흔하게 살 수 있는 거 아니야?"

"한겨울에?"

"호오?"

한겨울은 가습을 해야 하는 시기지, 제습을 해야 하는 시기가 아니다. 그런데 제습기라니 확실히 이상하다.

"더군다나 그 제습기를 배달한 곳은 그의 집이 아니었어."

"어딘데?"

"그의 선산에 있는 친척 집. 그래서 그 집으로 간 배달 내역을 좀 추적해 봤지. 쉬운 건 아니었지만."

그런데 제습기에 가습기 그리고 금고까지 배달되었다는 기록이 나왔다.

"그러다 보니 선산이 표적이 된 거야. 그런데 그가 가족묘를 만들었더라고. 그게 이상해서 알아봤지."

"뭐가 이상해?"

"가족묘를 만든 시점이 얼마 되지 않았어. 그런데 돌아가신 분은 없단 말이지."

선산이라는 것은 말 그대로 가문의 사람들이 묻히는 공간이다. 그리고 그곳에 가족묘를 만드는 것은 이상한 게 아니다.

하지만 가족묘를 만든다는 것은, 가족들을 한곳에 묻힌다는 뜻이다.

"그런데 정작 부모님의 유골함은 다른 곳에서 보관 중이야."

가족묘를 만들면 가장 먼저 들어가는 것은 다름 아닌 부모님이다. 자녀들이나 형제들이 죽을 시점은 아직 아닐 테니까.

"호오."

노형진은 손채림의 말에 탄성을 내질렀다.

확실히 요즘 들어 그녀의 실력이 확확 늘어나는 게 느껴졌다.

'의외의 적성이네.'

정식으로 프로파일러가 될 수 있을지는 모르지만, 그녀의 추리력은 상상 이상이었다.

"가족묘라."

"그래서 주변에 알아봤지."

어차피 그곳에 그런 걸 만들려면 주변에서 일당직 노동자를 끌어다 써야 한다. 그리고 특이한 공사라면 누군가는 기억하고 있을지도 모른다.

아니나 다를까, 특이한 공사를 기억한 사람이 한 명이 있었다.

"배선 공사를 했다고 하더라고."

"배선 공사?"

"그래."

그의 말에 따르면 전선을 따서 가족묘까지 매립으로 연결하도록 공사했다고 했다.

상식적으로 묘지에 전선이 필요할 이유가 없다. 누군가 매장하러 들어갈 때는 랜턴 정도면 충분하다.

"설사 나중을 대비해서 배선한다고 해도, 편하게 그냥 위에서 따오지 저 바깥에서 매립으로 따오지는 않을 거 아니야?"

"허."

노형진은 고개를 절레절레 흔들었다.

"엄청나게 머리 썼네."

세무조사를 하든 아니면 압류를 하든 무슨 짓을 하든, 남의 무덤까지 파는 인간은 없다. 그러니 누군가의 시선을 피해서 뭔가를 감추기에는 가족묘만 한 곳이 없을 것이다.

도굴? 도굴도 돈이 되어야 하는 것이다.

과거에는 무덤에 이런저런 보물과 물건을 함께 묻어서 했다지만, 생긴 지 얼마 되지도 않은 가족묘를 털 도굴꾼은 없다.

"나 잘했지!"

"완전 잘했는데?"

"헤헤헤."

손채림은 헤실헤실 웃었고, 노형진은 그런 그녀를 보면서 절로 미소가 나오는 것을 느꼈다.

"그나저나 대단하다, 재산을 빼돌리기 위해서 그런 식으로 공사까지 하다니."

"인간의 욕심은 끝이 없다고 하잖아."

"그러면 어쩔 거야? 그걸 신고할 거야, 아니면 김세악에게 말할 거야?"

"둘 다 아니야."

김세악에게 말해 봐야 그는 인정하지 않을 것이다.

의심은 하겠지만 몰래 사 둔 것이니 감정이 쉽지 않고, 그걸 감정하기 위해서 움직이다가 유치환에게 알려질 수도 있다.

"그거 훔칠 건데."

"뭐?"

손채림은 움찔했다. 자신이 잘못 들은 거 아니냐는 표정이었다.

하지만 잘못 들은 게 아니었다.

"그걸 훔칠 거야."

"네가 그거 도둑질할 만큼 다급한 거야? 아니잖아?"

"알아. 그 안에 진짜가 있을 수도 있고 가짜가 있을 수도 있지."

"그런데?"

"그래서 훔칠 거야."

"아니, 왜?"

"그래야 김세악이 열 받을 테니까."

"응?"

"내가 가서 말해 주는 게 열 받을까, 아니면 도둑질당한 게 열 받을까? 더군다나 그걸 다시 찾았을 때, 얼마나 더 열 받을까?"

"아하!"

"이런 걸 일석이조라고 하지, 후후후."

⚖️

"준비는 끝났습니까?"

차량도 대포차로 준비되었고 주변에 대한 감시도 끝났다.

사실 주변에 아무것도 없으니 경계라고 할 만한 것도 없었다. 선산인지라 누구도 접근하지 않고 무덤이 즐비한 곳에 다른 사람들이 접근할 리도 없다.

"관리인이 있기는 하지만 그 사람은 저녁이면 산 아래 마을에서 지내는 모양이야."

"그렇겠지."

도둑이 들 만한 일도 없는 산속에서 혼자 살지는 않을 테니까.

"저기 내려간다."

저 멀리서 털털거리면서 오래된 트럭 하나가 소로를 타고 마을로 내려가는 게 보였다.

시계를 힐끗 보니 저녁 8시. 이미 해가 떨어진 시간이다. 아마도 오늘 밤에는 오지 않을 것이다.

"자, 움직입시다."

노형진의 말에 운전수는 트럭의 시동을 걸고 산 위로 올라갔다.

가는 길에 CCTV가 한 대 있기는 하지만 이미 번호판이나 특정할 수 있는 물건은 다 없앤 후다. 설사 특정한다고 해도 대포차이니 추적은 불가능할 것이다.

그들은 느긋하게 산에 올라간 후 김세악의 가족묘에 도착했다.

그리고 커다란 암막을 세우고는 랜턴으로 입구를 비췄다. 혹시나 마을에서 빛이 보일까 봐서였다.

"여세요."

노형진의 말에 누군가 다가가서 가족묘의 석문을 열었다. 안에는 제법 두꺼운 철문이 있었다.

"얼씨구."

아니나 다를까, 가족묘에 있어야 하는 납골함 대신에 철문이라니.

"이거 번호 키인데요?"

곤란한 얼굴이 되는 남자. 번호 키면 자신이 열 방법이 없다.

"아, 번호는 이미 알아 왔습니다."

물론 알아 왔을 리 없다.

노형진은 철문에 살짝 손을 대고는 기억을 읽어 냈다. 그리고 능숙하게 비밀번호를 눌렀다.

그러자 '삐삑' 하는 소리와 함께 문이 열렸다.

끼이익.

요란한 소리를 내면서 열리는 문.

그 안으로 들어가자 제법 넓은 공간이 나타났는데, 거기에는 이런저런 고미술품들이 잔뜩 쌓여 있었다.

"진짜 머리 좋네."

애초에 가족묘는 단순히 눈을 가리는 용도뿐만 아니라 위장 전술이었다. 그래서 지하는 통상적인 가족묘보다 더 넓은 공간이 있었고 그 안에는 이런저런 미술품과 골동품들이 꽉 차 있었다.

'기억을 읽으려면 힘들겠군.'

노형진은 얼굴을 찡그렸다.

아무리 아래에서 올 사람이 없을 거라고 해도 최대한 빨리 움직여야 하는 상황이다. 그러나 감정하는 사람을 여기에 데리고 올 수는 없으니 방법은 하나뿐이다.

"제가 여기에 있을 테니 하나씩 꺼내 오세요. 그리고 제가 말하는 대로 트럭에 올리면 됩니다."

"다 가지고 가는 게 아니고요?"

"다 가지고 가지 않을 겁니다."

노형진은 입구에서 재촉했고, 사람들은 빠르게 움직이기 시작했다.

"왜? 진품 검사하게?"

"응."

"할 수 있어?"

"좀 배워 왔어."

"아니, 이게 좀 배우는 걸로 될 만큼 쉬운 일이야?"

"내가 좀 잘났잖아. 내가 못하는 거 봤어?"

"악기 연주."

"또, 또 팩트 폭력한다."

손채림은 킥킥거리면서 안으로 들어와서 다른 사람들과 함께 물건을 나르기 시작했다. 그리고 노형진은 그렇게 나오는 물건들을 하나하나 분류했다.

"이건…… 1번 트럭으로 보내세요. 이것도 1번. 이건 2번이고요."

그렇게 밤은 빠르게 지나가고 있었다.

"뭐라고!"

김세악은 전화를 받고 부들부들 떨었다.

아침에 산에 올라간 선산 관리인에게서 온 전화였다.

—가족묘가 다 털렸어요!

"털렸다니! 그게 무슨 말이야!"

—누가 가족묘 문을 열고 싹 비웠어요!

"어…… 어떤 미친놈이……!"

—그런데 가족묘에 이상한 게…….

상대방이 질문하려고 했지만 그는 전화를 끊어 버렸다.

하긴 가족묘에 강철 문이 달려 있는 걸 이상하게 생각할 만하다. 더군다나 안쪽은 이상할 정도로 넓으니까.

하지만 중요한 건 그게 아니었다.

"내…… 내 돈이…… 내 돈이…….”

평생을 긁어모은 돈이다. 그 안에 있는 돈이 못해도 30억은 될 것이다.

그런데 그게 싹 털렸다니.

'이건 말도 안 돼! 누가? 어떻게 거기를 턴단 말이야!'

단순히 위장만 되어 있는 곳이 아니다.

비밀번호도 무려 열여섯 자리나 된다. 그걸 알 수 있는 놈은 없다.

더군다나 그 공간은 어떤가? 사방을 두께 50센티짜리 콘크리트로 박아 놔서 그걸 뚫으려면 하루 종일 중장비를 동원해야 한다.

그런데 그걸 털어?

'말도 안 돼……. 그럴 수는 없어.'

그는 혼이 나간 듯한 얼굴로 털썩 주저앉았다.

'으으으…….'

그는 머리를 부여잡았다.

자신이 경찰이니까 경찰에 신고해? 그랬다가 경찰에서 왜 무덤에 그런 걸 넣어 뒀느냐고 하면?

그러면 할 말이 없다.

'젠장!'

그는 이를 악물었다.

하지만 포기하기에는 그 안에 있는 물건이 너무나 비쌌다.

무려 30억 원이다. 그걸 날리면 자신에게는 아무것도 남지 않게 된다.

자신이 그 재산을 만들기 위해서 얼마나 고생했단 말인가?

'그래, 내가 청장이니까 충분히 덮을 수 있어.'

그 돈을 포기할 수 없었던 그는 전화기를 들었다.

"서장들 당장 불러!"

어떻게 해서든 그 도둑질당한 물건들을 되찾아야 했다.

$$⚖$$

"아니, 뜬금없이 순찰하라고 하면……."

"나야 모르죠."

도굴 사건이 일어났다면서 주변을 순찰하라고 하니 순찰하게 된 두 경찰의 입장에서는 어이가 없었다.

"이미 도굴된 걸 어쩌라는 거야."

"그게 순찰한다고 나오나?"

"그러니까."

그들은 범인들이 도주로로 쓸 수 있는 곳을 순찰하면서 툴툴거리고 있었다.

그렇게 얼마나 지났을까? 저 멀리서 레커차 한 대가 다가오는 것이 보였다.

"어?"

물론 레커차가 이상한 건 아니다. 이상한 건 그 뒤에 있는 트럭이었다.

번호판도 없는 이상한 트럭이 레커차에 끌려가고 있었다.

더군다나 그 뒤 짐칸은 파란색 천으로 덮여 있었다.

"잠깐만. 그 도둑놈들 차에 번호가 없다고 하지 않았어?"

"그랬지."

"방금 지나간 그거, 번호 없는 것 같았는데?"

"뭐?"

다급하게 고개를 돌렸지만 이미 레커차는 사라지고 없었다.

"어디로 갔지? 어디로 간 거야? 젠장, 본부를 불러야 하나?"

"아니야. 그럴 필요 없어."

"뭐? 왜?"

"아까 그거 시청 거야. 불법 정차 차량 끌고 가는 레커차야."

"아!"

그렇다면 그들이 갈 곳은 딱 한 곳뿐이다. 그리고 그걸 뻔하게 알면서 다른 사람을 불러서 공적을 나눌 이유는 없다.

"바로 방향 돌려!"

그들은 특진할 수 있다는 생각에 신나게 방향을 잡고 달리기 시작했다.

⚖️

"찾았어?"

김세악은 전화를 받고 부들부들 떨었다.

드디어 차량을 찾았다고 한다. 어떤 곳에 불법 정차되어 있어서, 신고가 들어와서 끌고 왔다는 것.

"내가 당장 그곳으로 갈 테니까 기다려!"

그는 황급하게 뛰어나가서 견인차 보관소로 달려갔다. 그리고 그곳에서 몇몇 경찰들이 버려진 트럭 한 대를 보고 있는 것을 확인했다.

"뭐 하는 짓거리야!"

"헉! 청장님!"

"지금 뭐 하는 짓거리냐고!"

"수사 표준 절차……."

"누가 수사하래! 엉!"

"네? 그게…… 표준인데…….."

"표준? 누가 표준이라는 거야! 표준은 내가 정해! 내가 청장이야! 알아!"

다른 경찰들은 당황했다.

특진을 예상했지, 이런 식으로 혼나는 것은 전혀 예상하지 못했기 때문이다.

"꺼져!"

"네? 아, 네, 네…….."

하지만 상대방은 청장이다. 만일 자신들을 자르고 싶으면 순식간에 자를 수 있는 사람.

결국 경찰들은 어쩔 수 없이 어깨를 으쓱하면서 뒤로 물러났다.

그들이 물러나자 김세악은 황급하게 트럭에 올라가서 물건들의 상태를 확인했다.

'없다.'

그러나 척 봐도 부족했다. 대략 30% 정도.

'큭.'

그걸 보면서 정신이 어질어질해지는 듯 그는 휘청거렸다.

하지만 그가 휘청거릴 일은 아직 끝난 게 아니었다.

"늦었습니다."

다가오는 한 남자.

그는 김세악을 보고 움찔했다. 그가 다가오자 무서운 눈으로 노려봤기 때문이다.

"넌 뭐야!"

"아…… 저기, 감정해 주는 사람인데요."

"감정?"

"네, 이런 사건은 물건이 발견되면 일단 감정하는 게 규칙이라……."

"뭔 개소리야! 꺼져!"

감정했다가 그 출처를 캐물으면 자신이 곤란해진다. 그래서 그는 버럭 화를 내면서 감정사를 쫓아내려고 했다.

감정사는 약간 움찔하더니 경찰들을 바라보았다. 경찰은 어쩔 수 없다는 듯 어깨를 으쓱했고, 그는 입맛을 다시면서 몸을 돌렸다.

"뭐, 어쩔 수 없지요."

"나중에 다시 부탁드릴게요."

"네."

이런 경우 감정 이후 소정의 감정료를 받기 때문에 그는 수입이 날아간 것을 아쉬워하면서 몸을 돌리며 말했다.

"하긴, 어차피 감정해 봐야 가짜인 것 같은데요, 뭐."

"그래요?"

"네."

그들은 별생각 없이 한 말이었지만 김세악의 입장에서는

그럴 수가 없었다.

"뭐라고?"

"아닙니다."

"지금 뭐라고 했어! 제대로 말 안 해!"

감정사는 어쩔 수 없다는 듯 입을 열었다.

"이거 아무리 봐도 가짜예요."

"가짜?"

"네. 뭐, 최소한 저 커다란 조각상은 가짜네요."

그는 위에 있는 조각상 하나를 가리키면서 말했다.

"그게 무슨 말이야."

"말 그대로예요."

가짜라는 말에 김세악은 그의 손을 잡았다.

"왜 그러십니까?"

"이거 감정해 봐."

"아니, 지금 사람을 똥개로 아나?"

그는 버럭 화를 내려고 했지만 다른 경찰들이 말리는 바람에 차마 화를 낼 수가 없었다.

"청장님입니다, 청장님."

"끄응……."

물론 자신이 경찰에서 일하는 것도 아니고 그렇다고 범죄자도 아니니 두려워할 필요는 없지만, 청장과 싸워 봤자 좋을 일은 건 없다는 걸 알기 때문에 그는 짜증스러운 얼굴을 한 채로 트럭 위에 올라갔다.

　그리고 이것저것 물건들을 확인해 보면서 툴툴거렸다.

　"아니, 애초에 이런 걸 왜 여기서 부른 거야?"

　보통은 경찰서에서 감정하는데 트럭 위에서 감정이라니 짜증이 났지만, 그렇다고 도중에 그만둬 버릴 수도 없는 노릇인지라 그는 어쩔 수 없이 한참을 살피다가 허리를 펴고 일어났다.

　"가짜네요."

　"가짜?"

　"네, 가짜예요, 모조리."

　"다 가짜라고?"

　"네."

　김세악은 다리가 풀려 털썩 주저앉았다.

　"이건 어쩔 거야?"

　"팔까?"

　"그러다 걸리면?"

　"그러면 일단 쌓아 둬야 하나?"

　노형진은 김세악의 집에서 털어 온 진품을 보면서 입맛을 다셨다.

가짜는 두고 진짜만 털어 왔다. 그러니 아마도 김세악은 열을 받을 대로 받은 상황일 것이다.

"그런데 어차피 털 거면 그냥 다 털지."

"우리 목적은 김세악이 열 받는 게 아니라 유치환이잖아."

"그런데?"

"아마도 외부에서 봤을 때는 전문가들이 낀 조직범죄라고 생각할 거야, 단시간 내에 진품과 가짜를 골라내서 진짜만 가지고 도망갔으니."

"확실히 그렇겠지."

"그런데 그게 가짜라는 소리를 들은 김세악의 기분은 어떻겠어?"

"울고 싶은데 뺨 맞은 격?"

"뺨을 맞은 게 아니라 누구 하나 패 죽이고 싶은데 누가 시비 건 격이랄까?"

"그렇겠네, 호호호."

도둑질을 당한 것도 열 받아 죽겠는데 자신이 산 대부분이 가짜라는 것을 알게 된 상황에서 열 받지 않으면 사람이 아니다.

더군다나 사람 목숨을 파리 목숨으로 여기면서 자신의 이득만 챙기는 자가 자업자득이라고 생각할 리 없다.

"그러면 이 상황에서 가장 먼저 보이는 대상은 누굴까?"

"유치환이네."

도둑들을 추적하고는 있지만 당장 눈앞에 보이는 것은 아니다. 하지만 유치환은 김세악이 아는 사람이고 또 김세악을 배신한 사람이다.

이 경우, 자연스럽게 모든 분노가 그에게 쏠릴 수밖에 없다.

"이때쯤 해서 우리가 고소장을 넣는다면 어떻게 될까?"

"아마도 때려죽이려고 하겠지."

지금 상황에서 김세악은 유치환을 고발하고 싶어도 그럴 수가 없다. 그렇게 된다면 그가 유치환에게서 재산을 감출 목적으로 골동품을 산 것을 인정해야 하기 때문이다.

"이거야말로 울고 싶을 때 뺨 때려 주는 거지."

이쪽에서 적당한 핑계를 대 준다면 김세악은 유치환을 손수 때려잡아 줄 것이다.

"그리고 바로 지금이 우리가 기다리던 그 순간이고 말이야, 후후후."

노형진은 잔뜩 쌓여 있는 고소장을 흔들면서 말했다.

"이 싯팔놈의 새끼!"

김세악은 눈앞에 쌓여 있는 고소장을 보면서 분노에 부들부들 떨었다. 자신이 산 물건이 가짜라는 사실에 어이가 없어서 정신을 못 차리는 와중에 그에 관련된 고소장이 수십

장이나 들어온 것이다.

'그렇다면……'

자신을 턴 전문가라는 작자도 의심스럽다.

자신이 골동품을 산 것을 아는 것은 유치환뿐이다. 다른 사람은 모른다.

그러니 그걸 털 수 있는 것도 유치환뿐이다.

'더군다나……'

그들은 그 많은 것 중에서 진품으로 추정되는 것들만 골라 가지고 도망갔다.

하지만 감정하는 것은 상당한 시간이 걸리는 일이다.

그 트럭에서 가짜를 감정하는 데에만도 물경 네 시간이 걸렸다. 간단간단하게 했는데도 말이다.

하지만 도둑들이 훔친 시간으로 봤을 때 그 정도 여유는 없었다. 그 말은, 상대방이 어떤 게 진짜인지 명확하게 알고 있었다는 뜻이다.

"이 개새끼, 잡고 만다."

그는 고소장을 몇 번이고 바라보았다.

분노를 속으로 감추기 위해서는 이 방법밖에 없었다.

그때였다.

'띠리링' 하는 전화벨 소리.

그는 본능적으로 전화를 받아 들었다.

"뭐야!"

-청장님.

"왜?"

-유치환이 튀려고 하는 모양인데요.

"뭐?"

고소장이 나오자마자 튀는 모습에 그의 의심은 확신으로 굳었다.

"당장 체포해!"

-네? 하지만 체포 영장이 아직…….

"시끄러! 도주의 현행범으로 체포하란 말이야! 당장 안 끌고 오면 너희 모가지부터 날려 준다! 알았어!"

그는 쾅 소리가 나게 전화기를 내던졌다. 그리고 이를 박박 갈더니 다시 전화기를 들었다.

"박 판사님! 접니다. 네, 도움이 필요합니다."

⚖️

"젠장, 젠장!"

유치환은 이를 악물고 뛰고 있었다.

분명히 걸릴 게 없다고 생각했다.

그런데 아까 경찰서에서 전화가 왔다. 평소에 자신이 기름칠을 해 둔 경찰이었다.

–고소장이 들어왔다. 그것도 피해자가 스무 명이 넘는다.

그 말은 자신이 사기를 친 사람들 중 상당수가 가짜임을 알아차렸다는 뜻이다.

"싯팔…… 어떻게……."

물론 걸릴 위험성은 잘 알고 있었다. 그리고 그럴 때를 대비해서 모든 재산을 대만으로 빼돌리고 경찰에 계속 기름칠을 했다.

하지만 기껏해야 한 명이 고소하는 정도만 생각했다. 그러면 시간을 끌면서 남은 재산을 정리하고 바로 대만으로 튈 생각이었다.

그런데 스무 명이란다. 그렇게 많이 고소가 들어온다면 이건 다른 사람들도 다 안다는 뜻이 된다.

재수 없으면 모조리 털릴 수도 있는 상황.

"어쩔 수 없지, 싯팔……."

아직 한국에 남은 재산이 10억 정도 있지만 그건 포기하는 수밖에 없었다.

그는 황급하게 여권과 돈이 될 만한 것을 모조리 챙기고 공항으로 내달렸다.

아직까지 출국 금지 같은 게 나오지 않았을 거라 생각한 그가 막 표를 사러 다가갈 때였다.

"유치환 씨?"

자신을 부르는 목소리.

그는 움찔하면서 고개를 돌렸다. 누가 봐도 경찰로 보이는 두 사람이 서서 물끄러미 바라보고 있었다.

"경찰입니다. 동행해 주셔야겠습니다."

"하?"

어떻게 알았는지 경찰이 도망가는 자신을 따라온 것이다.

'아니다, 싯팔…… 이미 감시받고 있었나?'

한 가지 가능성을 생각하고는 그는 정신이 아득해졌다.

자신이 사기를 친 사람은 평범한 부자들만이 아니다.

다른 부류의 사람들에게도 사기를 쳤는데, 다름 아닌 자금 세탁을 하려고 하는 부정 축재자들이었다.

그리고 그들은 대부분 권력자이다. 그러니 자신을 감시할 수 있다.

"같이 가시죠."

위협적으로 다가오는 경찰들.

그러나 유치환은 이미 머리를 써 둔 상태였다. 이런 상황을 언제나 감안했던 것이다.

"싫은데요."

"네?"

"체포 영장이나 구속영장이 있습니까?"

"으음……"

"그럼 임의동행인데, 그건 거절해도 그만 아닌가요?"

"그거야 그렇지만……."

"그러면 나중에 집으로 출두 명령서를 정식으로 보내 주세요."

그는 미친 듯이 뛰는 심장을 다독거리면서 몸을 돌렸다.

경찰은 어떻게 해야 하나 하는 표정이 되었다.

도주라고 못을 박아 버리기에는 증거가 아직 부족하다. 그렇다고 그냥 보내면 청장이 자신을 죽이려고 할 것은 뻔한 일.

그런 상황에서 생각지도 못한 구원의 손길이 나타났다.

"문 형사님, 여기는 어쩐 일이세요?"

고개를 돌려 보니 젊은 청년 한 사람이 서 있었다.

문 형사는 그를 알아보고 고개를 숙여서 인사를 건넸다.

"노 변호사님이셨군요. 여기는 어쩐 일로?"

"뭐, 변호사 하다 보면 가끔은 출장도 가야 하니까요."

노형진은 모른 척하면서 대답했다.

사실 출장은 없었다. 다만 이런 일이 벌어질 것에 대비해서 혹시나 하는 마음에 유치환을 따라온 것이다.

"아, 사실은 범죄자를 추적하러 왔는데요."

"그런데요?"

"영장이 없어서……."

"누군데요?"

"저기 서 있는 저 남자요."

경찰은 티켓을 구입하기 위해서 서 있는 유치환을 가리켰다.

"이대로는 해외로 튈 것 같은데……."

"그래요?"

"네."

문 형사는 불안감에 손톱을 깨물었다.

"현행범이 아니니 체포할 수도 없고."

고소된 거지 출국 금지가 된 것은 아니기 때문에 그를 막을 법적인 권한이 그들에게는 없었다.

'내가 이럴 줄 알았다.'

그래서 여기까지 온 것이다. 그가 튈 거라고 생각했으니까.

그리고 그걸 해결하기 위한 방법이 없는 건 아니었다.

"그러면 공항 경찰에게 부탁해 보시지요."

"네? 공항 경찰요?"

"네."

"아니, 왜요?"

"아, 공항 경찰은 일반적인 경찰하고 적용 법조가 좀 달라요."

"네?"

"만일 탑승객이 범죄자로서 항공기에 위험이 될 만한 자라고 의심되면 체포해서 마흔여덟 시간 동안 조사할 수 있는 권한이 있어요."

"네에?"

깜짝 놀라는 두 형사.

"소속이 다르니 잘 모르시는 거지요."

어깨를 으쓱하는 노형진.

"무슨 죄인지 모르지만 뭐, 범죄자라는 것 자체가 항공기에 위해를 끼칠 수 있는 사람이니 그 정도 협조는 해 줄 것 같은데요. 더군다나 두 분이 경찰이신데. 보아하니 아직 표를 산 것도 아닌 것 같고……."

노형진은 힐끗 유치환을 바라보고는 슬쩍 뒤로 빠졌다.

"그러면 저도 비행기 시간이 잡혀 있어서 이만."

"아…… 감사합니다."

노형진은 그들을 두고 약간 거리가 있는 곳에 와서 숨어서 그들을 바라보았다.

그러자 그들은 근처에 있던 공항 경찰에게 다가가서 자신들의 신분증을 보여 주면서 사정을 설명했다.

그러자 공항 경찰들은 굳은 얼굴로 고개를 끄덕거리더니 표를 사기 위해서 서 있는 유치환에게 다가갔다.

"유치환 씨."

"네?"

"잠깐 같이 가시죠."

"당신들은 뭔데!"

"공항 경찰입니다. 협조해 주시기 바랍니다."

"영장은? 영장 없으면 꺼져!"

"항공기 위협에 관한 것은 영장이 필요 없습니다."

"어어……?"

그건 생각하지 못한 건지 유치환은 당황해서 어쩔 줄 몰라했고, 공항 경찰들은 그런 그를 강제로 끌어내기 시작했다.

"놔! 놔! 이건 불법이야! 놓으라고!"

"잠깐이면 됩니다."

"잠깐이고 뭐고! 놔! 으아!"

유치환은 끌려가지 않기 위해서 발악했다.

지금이 아니면 다시는 못 나간다는 것을 알고 있었기 때문이다.

그러나 그의 저항은 의미가 없었다.

공항 경찰에게 끌려가는 그를 누구도 도와주려고 하지 않았으니까.

"으아아! 보내 줘! 나가야 해! 나가야 한다고!"

그가 끌려간 후에도 사람들은 그쪽을 잠깐 바라보더니 다시 표를 구입하고 수속을 밟을 뿐이었다.

"나이스."

노형진은 끌려가는 유치환을 바라보면서 웃었다.

"아마 그 마흔여덟 시간이 끝날 때쯤이면 구속영장이 나오겠지?"

숨어 있는 노형진에게 다가오면서 손채림이 히죽하고 웃었다.

"그것만 나오겠냐. 튀려고 하다가 걸렸으니 출국 금지까지 나오겠지."

"그렇겠지."

더군다나 다른 사람도 아니고 권력자를 건드렸으니 그에 관련된 소문은 빠르게 퍼질 것이다.

그러면 그들은 절대로 유치환을 풀어 주려고 하지 않을 게 뻔했다.

"이제 유치환은 끝난 거야, 후후."

"그러면 이제 돈을 받아 오는 것만 남은 거야?"

"그렇지."

그들은 어떻게 해서든 자신들이 속아서 빼앗긴 돈을 유치환에게서 받아 내려고 할 테고, 당연히 그의 팬티 속까지 뒤져 보려고 할 것이다.

"당연히 대만에 있는 계좌도 나올 테고."

새론에서도 찾아낸 계좌가, 경찰과 정부가 작심하고 털기 시작했는데 안 나올 리 없다. 당연히 나올 테고, 그에 대한 압류가 진행될 것이다.

"하지만 부정 축재한 녀석들은 손해 좀 보겠지."

일단 얼마나 감춰 놨는지 모르겠지만 가장 먼저 손해배상의 대상이 되는 것은 다름 아닌 제대로 거래해서 피해를 본 피해자들이다.

당연히 그들에게 손해배상을 해 주고 난 후에 남은 돈에 대해서나 김세악을 비롯한 부정 축재자들이 손을 댈 수 있다.

아무리 유치환이 착실하게 돈을 모았다고 해도 결국 사기를 치는 데 들어간 돈이나 운영비 그리고 쓴 돈은 빠지게 되어 있다. 더군다나 범죄로 벌어들인 수익에 대해서는 국고 환수가 기본이다.

"아마도 돈을 빼돌리려고 한 녀석들은 배 좀 아플걸."

아마도 유치환의 입을 막기 위해서 발등에 불이 난 것처럼 방방 뛰어다닐 그들을 생각하면서 노형진은 낄낄거리면서 웃을 수 있었다.

죽음의 배달 서비스

"죽어?"

"응."

"미친."

유치환이 죽었다.

감옥에 있었는데 사소한 싸움에 휘말렸다. 그런데 그 사소한 싸움 탓에, 탁 치니 억 하고 죽었단다.

"그게 말이나 된다고 생각해?"

"될 리 없지."

손채림조차도 어이가 없다는 듯 고개를 흔들었다.

유치환은 폭력이나 정신이상 범죄자가 아니다. 전형적인 화이트칼라 범죄, 즉 돈에 관련된 범죄였고, 육체적인 싸움에 대해서는 젬병이나 마찬가지였다.

"그런 녀석이 싸움에 휘말려서 죽는다?"

"말도 안 돼."

더군다나 감옥에 들어간 지 얼마 되지도 않은 상황에서 다른 수감자를 도발할 리 없다.

"아마도 최재철의 솜씨겠지?"

"끄응……."

노형진은 최재철이 생각보다 무서운 인간이라는 생각이 들었다.

"하긴…… 어떻게 보면 그들 일파와 관련된 일이니."

김세악이 그에게 쓴 돈이 무려 30억이었다. 그 정도면 다른 최재철 일파 역시 거래했을 가능성이 높다는 뜻이다.

"그리고 그들은 그가 입을 나불거리는 걸 부담스러워했겠지."

유치환은 형량 협상을 하고 싶어 했다. 자신이 아는 것을 다 말하고 그 대신 형량을 최소한으로 줄여 달라고 한 것이다.

그러나 그 이야기를 한 지 채 일주일도 되지 않아서 그는 구치소에서 변사체로 발견되었다.

"아무래도 이번에 타격이 큰 모양이네."

아마도 그 보복도 포함되어 있을 것이다.

"음……."

노형진은 절로 신음 소리가 났다.

'역시 조심해야겠어.'

"무섭다는 말을 듣기만 했지. 이 정도인 줄은 몰랐다."

"사람 목숨을 파리 목숨으로 아는 사람이니까."

노형진은 걱정스럽게 말했다. 그들이 몰락할 때까지 자신들은 절대로 모습을 드러내지 않아야겠다고 생각하면서 말이다.

그러나 세상에 사람의 목숨을 파리 목숨으로 아는 작자들이 그들만 있는 건 아니었다.

"노 변호사님."

"네?"

늦은 밤, 일을 하던 노형진을 찾아온 무태식은 심각한 고민을 하는 얼굴이었다.

"무슨 일 있으세요?"

"사건이 하나 들어왔는데 답이 없어서요."

"답이 없다니요?"

"해결을 해야 하는데 해결이 안 돼요."

"그게 무슨 말씀이십니까?"

"우리 사무소의 전형적인 특징 아시지 않습니까?"

"아아……."

새론의 특징. 그건 다른 곳에서 해결하지 못하는 사건을 해결한다는 것이다.

그리고 그 때문에 곤란한 사건을 가지고 오는 사람들이 적지 않았다.

'하지만 무태식 변호사라면⋯⋯.'

자신에게 가장 오래 배운 사람이기도 하고 또 능력도 뛰어나다. 그런 그가 해결하지 못할 정도라면 아주 고난이도라는 소리다.

"경찰이 연관된 사건인가요?"

"네, 반쯤은요."

"반쯤은?"

"네. 그런데 경찰도 별 뾰족한 방법이 없다고 해서요."

"피해자가 누군데요?"

"피해자라기보다는, 피해자가 될 가능성이 높은 거죠."

노형진은 절로 눈이 찡그러졌다.

이런 사건이 참 애매하다.

경찰은 기본적으로 사건을 해결하는 집단이지 예방하는 집단이 아니다. 즉, 사건이 벌어진 이후에 움직이는 게 정상이지 그걸 막기 위해서 움직이는 건 상당히 특수한 경우라는 뜻이다.

그리고 대부분의 사람들은 그런 특수한 혜택을 받지 못하는 것이 현실이다.

"무슨 일이신데요?"

"퀵 서비스를 하는 분이 의뢰한 겁니다. 경찰에 보호를 요청했는데, 자신들이 해 줄 수 있는 게 없다고 했답니다."

"네? 퀵요? 그게 뭐가 문제인데요?"

"배달하는 물건이 문제였지요."

의뢰인은 두 딸을 키우기 위해서 퀵을 하는 남자였다.

아내는 죽고, 혼자서 두 딸을 키우기 위해서 아등바등 노력하는 서민.

"그런데 배달하다가 배달 사고가 났나 봅니다."

"배달 사고?"

"네."

배달하다 보면 종종 일어나는 일이다.

잘못 배달되는 경우는 드물지만 배달하다가 물건이 파손되는 것이다.

"배달을 부탁받은 건 전공 책이었다고 하더군요."

"전공 책요?"

"네."

어떤 여자가 아들이 전공 책을 놓고 갔다면서 퀵으로 책을 가져다 달라고 했다는 것이다.

가끔 있는 일이었기 때문에 그는 별 의심 하지 않고 책이 들어 있는 봉투를 들고 그곳으로 달려갔다.

그러다가 모퉁이를 돌면서 가벼운 접촉 사고가 난 것.

"그 와중에 그 책이 바닥을 나뒹군 모양입니다. 그런데……."

"마약이었군요."

노형진이 먼저 말을 꺼내자 무태식은 놀란 표정으로 바라보며 물었다.

"어떻게 아신 겁니까?"

"흔한 방식이지요. 그리고 가끔 쓰는 방식이구요."

직접 배달을 하면 함정에 빠지거나 추적될 수가 있다. 그때 쓰는 것이 바로 이런 퀵이다.

배달하는 사람은 어차피 그쪽에서 일하는 사람이고, 그들과 통화하는 데 사용되는 것은 당연히 대포폰이다.

"그걸 준 아주머니는 감기에 걸렸다면서 모자 쓰고 얼굴 가리고……."

"헐."

"전형적이군요."

"네, 그게 문제입니다."

배달하려던 책이 뒤집히면서 열렸는데 그 안에서 마약이 나왔다는 것.

전공 책은 대부분 두껍다. 그래서 그 점을 이용해 그 안을 네모난 모양으로 파내고 마약을 넣어 둔 것.

"미국에서도 그런 문제로 골치가 아프죠."

"그런가요?"

"기본적으로 퀵은 추적이 불가능하니까요."

상대방이 누군지 신분을 확인하는 것도 아니고, 그냥 A라는 지점에서 B라는 지점으로 옮겨 주는 것뿐이다. 더군다나 그걸 정부에 신고해야 하는 의무도 없고 이유도 없다.

심지어 사람은 대면하지도 않고 그냥 자리에서 자리로만

옮겨 주기도 하니, 사실상 누군가 그 내용물을 의심하기 전에는 추적이 불가능하다.

"그런데 또 그 내용물을 퀵 배달부가 열어 보는 것은 현행법상 불법이거든."

그러니 그들의 입장에서는 안전하면서도 빠른 배달 방법이 바로 퀵 서비스였다.

"그래서 그걸 신고하셨겠군요."

"네."

그는 그걸 보고 기겁하고 신고했다.

참 바른 방법이기는 한데…….

"보복이 걱정되겠군요."

노형진은 이해가 간다는 듯 고개를 끄덕거렸다.

"양이 얼마나 된답니까? 전공 책 안에 들어갈 정도의 양이면 적지 않을 텐데요."

"대략 200그램 정도라고 하더군요."

그 정도면 몇천 명이 투약할 수 있는 양이고 가격도 몇억이나 할 것이다.

"그런 양을 잃어버린 셈이니."

보낸 사람의 입장에서는 열통이 터질 것이다.

법을 지키는 선량한 사람은 아닐 테니 당연히 그 화를 풀방법을 찾을 테고, 그 방법은 다름 아닌 보복.

"경찰에서는 뭐라고 하던가요?"

"뭐, 뻔하지요."

"하긴."

경찰에서 해 줄 수 있는 일은 기껏해야 그의 집 근처의 순찰을 강화해 주는 정도다.

문제는 그게 아무런 소용도 없다는 것이다.

"미국이라면 다른 방법을 써 주겠지만."

미국은 이런 경우 아예 다른 주로 이사할 수 있게 도와주든가, 그것도 부족하다고 하면 증인 보호 프로그램이라고 해서 아예 죽은 사람으로 만든 후 신분 자체를 새로 만들어 주기도 한다.

하지만 한국은 그런 보호 프로그램이 전혀 없어서 순찰을 강화해 주는 정도가 최대이고, 그나마도 한 달 내지 두 달 정도의 한시적 기간이 끝이다.

"애초에 신고자의 직업은 감안이나 한 겁니까?"

"그러니까요."

신고자의 직업은 퀵 배달부. 누군가 부르면 거기에 갈 수밖에 없는 일이다.

범인들이 손님인 척하면서 부르면 당할 수밖에 없는 것이다.

"그런데 그걸 막지는 못하니 결국은 함께 다녀야 한다는 건데……."

그런데 경찰이 그렇게까지 지켜 줄 이유가 없다는 것이 문제.

설사 지켜 주고 싶어도, 각자 영역이 있는 경찰이 다른 지역까지 따라다니면서 어떻게 해 줄 수는 없다.

더군다나 차량은 아무리 기동력이 좋아도 오토바이를 못 따라간다.

특히나 퀵의 특성상 빠르게 움직이기 위해서 오토바이로 좁은 길이나 차량 사이 그리고 골목 등등을 다니는데 차량은 정체에 걸리면 끝이고 말이다.

"그렇다고 오토바이 경찰을 붙일 수도 없고."

결국 경찰이 해 줄 수 있는 것은 아무것도 없다.

"와…… 완전히 골 때리는데요."

노형진은 무태식이 자신에게 온 이유를 알 것 같았다.

경찰의 지원을 받는 것은 불가능한 상황에서 의뢰인을 지키는 유일한 방법은 그 범인들을 일망타진하는 것뿐이다.

문제는 마약 200그램 단위의 거래를 하는 작자가 개인은 아닐 거라는 것.

"조직원이군요."

"네."

개인이 이 정도 거래를 할 리 없으니 폭력 조직이라는 뜻인데, 그 정도 조직이면 쉽게 박멸될 리 없다.

"수사는요?"

"마약 팀에서 하고 있지만 지지부진한 모양입니다."

"음……."

"아니나 다를까, 핸드폰도 대포폰이고 그 아줌마 얼굴도 모르고요. 그나마 그 아줌마가 입고 있던 옷도 쓰레기통에서 찾았답니다."

"쩝."

거기에다 현금으로 결제해서 카드 기록도 남은 게 없었다.

"현금이면 혹시나 지문 없답니까?"

"없다네요, 장갑까지 끼고 있어서."

"답이 없네요, 진짜."

보아하니 이런 거래를 몇 번 해 본 작자들이 분명했다. 그러니 섣불리 꼬투리가 잡히지 않을 것이다.

"주변에 있는 조직일까요?"

"그러면 좋겠지만 그럴 가능성은 낮습니다."

"에, 왜요?"

"도둑도 자기 동네에서는 도둑질 안 하는 법이거든요."

"그 말은?"

"그 지역 조폭은 아니라는 거지요."

"끄응."

만일 조사하게 된다면 당연히 출발한 곳에서부터 시작할 테니 그 지역 조폭들이 표적이 될 수밖에 없다. 그러니 다른 지역을 쓸 수밖에 없을 것이다.

"그렇게까지 할까요?"

"이들이 퀵을 이용하는 이유는 빠르고 편해서가 아니라 안전해서입니다. 자기들이 걸려들 이유가 없으니까."

"음…….."

"그런데 자기네 구역에서 편하자고 배달시키겠습니까? 이게 무슨 자장면도 아닌데?"

"하아, 그렇기는 하겠네요."

결국 답이 없는 상황이 되자 무태식은 곤란한 표정이 되었다.

"일단은 일을 쉬라고 하세요."

"그게 문제인 게, 그럴 수 있는 상황이 아니라서요."

"네?"

"말씀드렸다시피 딸이 둘인데 집안 여건이 안 좋습니다. 이번 의뢰도 그분이 한 게 아니라 동료들이 애써 돈 모아서 찾아왔다가 대룡평등재단에 선이 닿아서 그들이 내주기로 한 겁니다."

"끄응…….."

대룡평등재단은 돈 때문에 변호사를 고용하지 못하는 사람들을 위해서 대신 선임료를 내주는 곳이다.

그리고 그런 곳에서 내주어야 한다는 것은, 그만큼 사정이 좋지 못하다는 뜻이다.

"이사도 못 하겠네요."

"네."

이런 상황에서 가장 좋은 방법은 이사하는 것이다.

그러면 어느 정도의 안전은 확보할 수 있다. 물론 아주 잠깐이지만.

"이사한다고 해도 시대가 시대이니만큼 완벽하게 안전한 것도 아닐 테고……."

"그건 그렇지요."

자신들도 정보 팀을 운영하지만 어느 정도 돈이 있는 자들은 흥신소를 통해서 개인 정보를 털어 내는 것이 힘든 것이 아니다. 그러니 이사를 가 봐야 언젠가는 추적당한다는 소리다.

"그래도 일단은 쉬라고 하세요, 저도 방법을 강구해 볼 테니."

"네."

그 말에 무태식은 고개를 끄덕거렸고, 노형진은 이 일을 어떻게 해결해야 하나 고민하기 시작했다.

⚖

"뭐라고요?"

얼마 뒤 노형진에게 충격적인 소식이 들어왔다.

그의 집에 협박장이 왔다는 것.

"협박장이라기보다는 물건이지만요."

머리가 잘린 고양이와 두 딸의 사진.

그걸 본 그는 충격으로 몸져누웠고, 두 딸은 두려움에 떨면서 집 바깥으로 나오지 못하고 있다고 한다.

"경찰은 뭐라고 하던가요?"

"수사한답니다."

"수사? 병신 같은 소리를 하고 자빠졌네."

노형진은 얼굴을 와락 찡그렸다.

집까지 찾아냈다. 거기에다가 딸 사진까지 찍어서 보냈다. 그 말은 딸에게까지 보복하겠다는 뜻이다.

그런데 수사라니? 당장 경찰을 보내서 지켜도 부족할 판국에 말이다.

"안 되겠습니다. 당장 사람을 보내서 그분들을 빼 오세요. 그리고 연고가 없는 지역으로 보내서 은신시켜야겠습니다."

"하지만 어디로요?"

"아무 곳이나요. 일단은 안전을 위해서 호텔에 숙박시키세요."

"그들은 돈이 없는데요?"

노형진은 얼굴을 찌푸리더니 전화기를 들었다. 그리고 여기저기에 잠깐 전화하더니 곧 뭔가를 적어서 무태식에게 건넸다.

"여기로 가세요. 경기도 광주에 있는 호텔입니다. 보안이 확실하다고 하니까 일단은 거기서 한 달만 지내 봅시다."

"네? 하지만 돈은……."

"제가 냈습니다."

"네?"

무태식은 깜짝 놀랐다.

호텔은 하룻밤에 못해도 20만 원은 한다. 그리고 보안이 확실하다는 것은 그만큼 비싸다는 뜻이다. 그러면 하루에 30만 원은 한다는 건데, 한 달이면 거의 1천만 원에 가까운 돈이 된다.

자신들이 수임료로 받는 돈보다 더 많은 돈인 셈이다.

"이건 사람 목숨이 달려 있는 일입니다. 마약까지 취급하는 놈들이 우리가 일했던 조폭들과 같을 거라고는 생각하지 마세요."

"알겠습니다. 일단은 거기 숙소로 보내 놓고 안전한 곳에 월세를 얻는 방향으로 나가 보지요."

"그러세요. 언제 해결될지 모르니까요."

노형진의 말에 무태식은 서둘러서 바깥으로 나갔고, 같이 있던 손채림은 눈을 찌푸렸다.

"본격적으로 협박하기 시작하네."

"미치겠군. 도대체 어디서 정보가 샌 거야?"

"애초에 경찰에게서 정보가 안 새기를 바라는 게 무리 아냐?"

"끄응……."

원래는 이런 치명적인 정보는 절대로 바깥에 나가서는 안 된다. 그런데 내부에 배신자 경찰이라도 하나 있으면 줄줄 새는 게 정보다.

가끔 자신들도 그런 식으로 정보를 얻기는 하지만 최소한 자신들은 선의를 위해서 쓰지, 이건 상대방이 죽일 걸 알면서도 준 셈이니 내부에 있는 자가 누군지 모르지만 악질 중의 악질이었다.

"아니, 무슨 경고 프로그램이도 달아 두든가."

"잘도 그러겠다."

경고 프로그램이란 예민한 정보, 가령 지금처럼 신고자의 정보나 판사나 검사의 주소 등 예민한 정보를 경찰 내부에서 검색하는 경우 그걸 자동으로 상부에 통지해 주는 프로그램이다.

그걸 쓰면 누가 정보를 열람했는지 볼 수 있으니 훨씬 안전이 보장된다.

"그런 데에 쓸 돈은 없답니다."

손채림은 빈정거리는 투로 말했고 노형진은 입맛을 쩝쩝 다셨다.

"그나저나 본격적으로 상대방이 본색을 드러내는 모양인데 어쩔 거야? 그냥 둘 거야?"

"그럴 리 없잖아. 어쩐다."

노형진은 머리를 부여잡았다.

상대방이 무슨 일을 저지를지 모르는데 상대방의 정체조차 모르는 판국이다. 그렇다고 자신들이 경호원을 스물네 시간 둘 수도 없고.

'설사 둔다고 해도…….'

상대방은 폭력 조직이다. 그러니 숫자가 많다.

거기에다 여기서 보호해야 하는 사람들은 세 명이다. 당장

맞교대로 지킨다고 해도 여섯 명이나 필요한 것이다.

"열 사람이 도둑 하나를 못 막는다더니."

노형진은 걱정스럽게 한숨을 쉬었다.

그런데 그때 손채림이 재미있는 이야기를 꺼냈다.

"협박 자체가 이유가 되지 않을까?"

"협박 자체라니?"

"내가 요즘 배우는 게, '행동에는 이유가 있다.'거든."

"그건 프로파일의 기본 아니야?"

"맞아."

그건 노형진도 알고 있는 것이다. 가장 기본 중의 기본이니까.

"하지만 고양이 목으로는 추정할 수 있는 게 없을 것 같은데. 길 고양이야 사방에 넘친다고."

"내가 말하는 건 협박 그 자체야. 나 같으면 그냥 조용히 있다가 조용할 때 확실히 죽여 버릴 것 같은데."

"응?"

"그렇잖아. 그걸 알아내서 협박한다고 뭐가 달라져? 결국 그들이 경계해서 나중에 일을 처리하는 것만 힘들어지지."

"그러네. 내가 왜 그 생각을 못 했지?"

만일 보복으로 상대방을 죽이려고 한다면 조용히 때를 기다리는 것이 정답이다. 건드리면 건드릴수록 그는 움츠러들 테고 경찰은 길길이 날뛸 테니까.

그러니 조용히 있다가 다들 방심하고 '이제는 괜찮겠지.' 라고 생각하는 시점에 복수하면 확실하고 또 안전하게 죽일 수 있다.

"그런데 이렇게 대놓고 어필한다는 것 자체가 성격적으로 문제가 있는 거 아닐까 하는 생각이 들어서."

"확실히…… 그럴 수 있겠어. 폭력 조직이 사람은 아니지만 그걸 이끄는 건 결국 사람이니까."

그러니 이런 협박을 한다는 것은 그런 조직의 보스의 의견이 적극 반영되었다는 소리다.

"성격을 알면 추적할 수 있으려나? 하긴 무리겠지?"

"아니, 가능할지도 모르겠어."

"응?"

"잠깐만."

노형진은 자리에서 벌떡 일어났다. 그리고 서둘러서 다른 사무실로 향했다.

그가 간 사무실은 다름 아닌 김소라의 사무실이었다.

"노 변호사님, 이 시간에 어쩐 일이세요?"

"제가 좀 다급해서 그런데요, 이것에 대해서 분석해 주세요."

"어떤 거요?"

"이 사진요."

노형진이 준 사진을 엉겁결에 받은 김소라는 눈을 찌푸렸다. 목이 잘린 고양이의 사체는 아무래도 보기 좋다고는 할 수가 없으니까.

"이 녀석이 어떤 녀석일까요?"

"갑자기 그렇게 말한다고 하셔도……."

"간단하게라도 좋습니다. 지금 상황이 좀 급해서요. 사람 목숨이 달려 있는 거예요."

"그런 거라고 해도 이 사진만 가지고는……."

"채림이 말로는 행동 자체에도 의미가 있다고 하던데요?"

"아, 확실히 그렇지요. 채림 씨가 의외로 우등생이에요."

"그러면 그걸 감안한다면요?"

"음……."

김소라는 잠깐 고민하는 듯하더니 손채림에게 손을 까딱 거려서 부르고는 이런저런 이야기를 했다. 그리고 얼마 지나지 않아서 다가왔다.

"대충은 나왔어요. 자료도 부족해서 가장 기본적인 수준의 성격 분석만 나왔지만요."

"그것만으로도 충분합니다."

고개를 끄덕거린 김소라는 자신의 의견을 말했다.

"대략적인 사건 내용과 그리고 진행 상황을 들어 봤을 때 확실히 이걸 실행한, 아니 명령한 사람은 상당히 집요한 사람이에요. 절대로 쉽게 포기하지 않을 거예요."

"그건 예상하고 있습니다."

"제가 말한 건 단순히 끈질긴 것과는 달라요. 정확하게 말하면, 가학적이고 인내심이 강하다는 거죠."

"가학적?"

"네, 그는 상대방이 고통받는 것을 즐겨요. 그는 경찰이 이번 사건에 대해서 조사하고 있다는 걸 알면서도 그러한 행동을 했어요. 분명히 경계가 올라갈 거라는 걸 알면서도요."

"그건 그렇지요."

"그건 이런 행동을 함으로써 상대방이 고통받는다는 걸 안다는 뜻이에요. 그리고 그걸 감안할 만큼 고통을 주고 싶다는 뜻이지요."

"으음……."

확실히 일리가 있는 말이다.

협박은 상대방에게 두려움을 주기 위해서 하는 일이다. 그리고 그가 고통받는 것을 알기 때문에 손해를 감수한다라.

"그리고 인내심이 강하다는 것도, 그 보낸 행동 자체에서 알 수 있어요."

"네?"

"기다리겠다는 거죠."

"기다린다?"

"네, '언제가 되든 널 죽이는 순간을 기다릴 것이다.'라는 거죠."

말 그대로 최악의 성격이다. 그러나 진정한 최악은 아직 남아 있었다.

"이런 성격의 범인은 누군가를 죽이기 위해서 나섰을 때 그냥 죽이는 걸로 안 끝나요."

"그게 무슨 말이지요?"

"따님이 둘이라고 했지요?"

"네."

"그런 경우에 무슨 일이 생길지 생각해 보셨어요?"

"아…… 이런 개 같은…….

여자가 두 명이고 가학적인 성격이라면 상대방이 무슨 짓을 할지는 예측 가능하다.

부모가 보는 앞에서 강간이 이루어질 가능성은 아주 높고, 그 와중에 고문이 이루어질 가능성 역시 존재한다. 말 그대로 최대한 잔인하게 죽이려고 할 것이다.

"그리고 제가 우려하는 건 이 고양이예요."

"네?"

이미 죽은 고양이 사진을 내미는 김소라.

"채림 씨가 이 고양이 사진이 이상하다고 생각하더군요."

"이게 왜요?"

"살아 있는 생물의 목을 자르는 건 쉬운 게 아닙니다. 절대로 기분 좋은 일이 아니지요."

"당연하지요."

닭 같은 건 그나마 무거운 칼로 쳐 내면 한 번에 죽일 수 있다지만 고양이 같은 건 절대 아니다.

"단면이 거칠고, 고양이가 저항한 흔적이 여기저기 있어요."

"그렇다는 건? 설마……?"

"네, 산 채로 목을 잘랐다는 거예요."

"이런 미친……."

노형진은 갑자기 소름이 쫙 돋았다.

그녀가 말하는 성격이 공통적으로 나타나는 종류의 사람이 하나 있다.

그리고 김소라는 노형진에게 확신이라도 주는 듯 차분하게 말했다.

"이 사람, 사이코패스일 가능성이 높아요."

최악의 그림자가 닥쳐왔다.

⚖

사이코패스.

정신적으로 상대방에게 전혀 공감을 하지 못하는, 공감 능력이 제로인 정신병이다.

그러한 사이코패스의 특징이 몇 개가 있는데, 그중 첫 번째가 바로 동물에 대한 학대다.

사람들이 애완동물에게 감정을 이입하면서 귀여워하는 것과 반대로 그들은 애완동물에게 어떠한 감정도 없다. 그냥 가학적으로 고통스러워하는 것을 즐긴다.

그래서 고양이를 산 채로 해부하거나 또는 산 채로 가죽을 벗기는 등의 행동을 거리낌 없이 한다.

그리고 두 번째는 바로 가학성.

단순히 목적을 위해서 사람을 죽이는 것이 아니라 자신의 행복을 위해서 사람을 죽인다. 목적을 위해서 죽이는 소시오패스와 여기서 결정적으로 나뉜다.

소시오패스는 목적에 방해되어서 사람을 죽인다면, 이들은 그냥 심심해서 죽이는 것이다.

세 번째가 지독한 인내심이다.

정확하게는 인내심이라기보다는, 감정적 희석이 없다고 표현해야 한다.

상대방에 대해서 감정이 생기면 그게 희석되는 게 아니라 언제까지고 기억하고 있다는 것이다.

일반적으로 누군가와 감정적으로 싸운 후 시간이 지나면 보통은 그 감정이 희석되어서 화해는 안 할지언정 그때처럼 때려죽이고 싶은 생각은 없어지는 데 반해서, 그들은 수십 년이 지난 후에도 '아, 그때 이 녀석이랑 싸웠지. 죽여야겠다.'라는 식으로 생각한다는 것이다.

그래서 사이코패스의 범죄는 일반적인 사람들의 상상을 어마어마하게 뛰어넘어 버린다.

"사이코패스라니."

"그게 가능해?"

"가능하지. 특히 폭력 조직 같은 곳은 더더욱."

얼마 전까지만 해도 모시던 사람에게 칼을 들이미는 데 그들은 주저함이 없다. 그러니 위로 올라갈 가능성도 더 높아진다.

말로는 의리를 말할지언정 절대로 의리를 지키는 인간들은 아니니까.

"성격은 알았다고 치고, 도대체 누구인지 알겠어?"

손채림은 심각한 얼굴을 하고 있는 노형진에게 물었다.

성격을 안다고 해서 사람을 찾을 수 있는 것은 아니다.

물론 그가 폭력 조직의 보스라는 것은 알고 있지만 경찰이 모든 조직 보스의 성격까지 다 알고 있지는 않을 테니까.

"이런 걸 알 만한 사람이 한 사람 있지."

"한 사람?"

"그래, 결국 현직에 있는 사람이 그 사람에 대해서 아는 거 아니겠어?"

"현직이라니? 누구?"

"이제 만나러 가는 중이야."

노형진은 그렇게 말하면서 운전에 집중했다.

사실 겉으로만 그렇게 보일 뿐 머릿속에서는 수많은 생각을 하고 있었다.

사이코패스라는 성격 그리고 폭력 조직이라는 권력까지 쥐고 있는 자를 막는 건 쉬운 게 아니다.

'신고? 의미가 없어.'

어떤 식으로든 그를 감옥에 넣을 수는 있다. 그 자리에 올라갈 때까지 깨끗할 수는 없을 테니까.

하지만 이런 자의 지배력은 감옥에 간다고 해서 사라지는 게 아니다.

'감옥에서 범죄를 명령할 방법은 많지.'

당장 변호사가 동석한 자리에서 변호사에게 암호로 전달하는 것도 방법이고, 암호를 써서 편지로 전달하는 것도 방법이다.

실제로 감옥 내부에서 명령을 내리거나 운영한 작자들이 적지 않다. 그러니 감옥에 보낸다고 100% 안전해지는 것은 아니다.

'결국 가장 안전한 방법은 해당 조직을 없애는 건데……'

그건 절대 쉬운 게 아니다.

노형진은 고민하면서 차를 몰았고, 얼마 지나지 않아서 목적한 곳에 도착할 수 있었다.

"여기는?"

"기억하지?"

"기억하지. 하긴, 현직이라고 하면 알지도 모르겠네."

커다란 건물에 붙어 있는 '용화 이벤트'라고 쓰인 간판.

자신이 아는 사람이 있는 곳이었다.

노형진은 기다리지 않고 올라가 문을 열고 들어갔다.

"실례합니다."

"영업 안 해요."

하지만 그가 들어가자마자 날아온 대답은 시큰둥한 한마디였다.

보통 이벤트 회사들이 손님을 잡으려고 하는 것과는 전혀 다른 모습.

하지만 그 정도는 예상하고 있었기 때문에 노형진은 빠르게 대답했다.

"한만우 씨와 약속이 되어 있습니다."

"사장님과?"

"네."

"그러면…… 잠시만 기다리시죠."

그는 안으로 전화를 넣는 듯했고 노형진은 주변을 스윽 둘러보았다.

얼핏 봐서는 일반 회사 같지만 몇 대 있는 컴퓨터 앞에 앉아 있는 남자들은 일하는 게 아니라 게임을 하는 거였다.

'거참.'

이곳은 한만우가 운영하는 회사였다.

정확하게는 그가 운영하는 조직의 대기실 같은 곳이다.

그는 조직에서 마약과 인신매매를 하려고 하는 것을 알고는 노형진과 손잡고 조직 내에서 쿠데타를 일으켜 조직을 뒤집고 자신이 권력을 잡았다.

물론 폭력 조직인 것은 여전하지만 최소한 민간인에게는 손을 대지 않고 정상적이라고 할 수 있는 방식으로 돈을 벌고 있으니 상대적으로 선한 것은 맞는 사람이었다.

그래 봤자 상대적인 것이지만.

"들어오시랍니다."

노형진을 안으로 들여보내 주는 직원.

안으로 들어가자 널따란 사장실에서 한만우가 담배를 물고 기다리고 있었다.

"오랜만이네."

"네, 어떻게 지내셨나요?"

"다행히 칼 빵은 안 맞았네. 덕분에 보스파가 다 날아가서 말이지."

히죽 웃으면서 자리를 권하는 한만우.

그는 힐끗 손채림을 봤지만 그다지 신경 쓰지는 않는 모양이었다.

"그래서, 어쩐 일로 여기까지 행차했나? 자네 성격에 심심해서 올 리는 없고."

"잘 아시네요."

"이 바닥에서 칼침 안 맞으려면 상대방에 대해서도 알아야 하거든."

그는 그렇게 말하면서 거의 다 피운 담배를 비벼 끄고는 새 담배를 꺼내서 물었다.

"그러다가 병납니다."

"병으로 죽으나, 칼 맞아 뒈지나."

그는 그렇게 말하면서 소파에 기대어 앉았다.

"뭐, 바쁘신 분이니 바로 본론으로 들어가게나. 자네에게 은혜를 입기는 했으니 내 도와줄 수 있으면 도와주지. 뭐, 큰 손님이라도 소개시켜 줘?"

"아닙니다. 전 사람을 찾고 있습니다."

"사람? 그건 우리가 아니라 흥신소에 가야 하는 거 아냐? 뭐, 가끔 흥신소 운영하는 애들도 있기는 하지만 우리 조직은 그런 거 운영 안 해. 사내새끼들이 추잡하게 남의 불륜이나 따라다니는 거 별로 안 좋아하거든."

"불륜이 아닙니다. 같은 세계 분 중에서 한 사람을 찾고 있습니다."

"누군데?"

"이름은 모릅니다."

"이름도 모르는데 내가 누군지 알아? 별명은 알아?"

"모릅니다."

"그럼 나도 모르지."

한만우는 시큰둥하게 말했다.

하긴 이름도 모르고 별명도 모르면, 이 바닥에서 누구인지 어떻게 안단 말인가?

하지만 노형진의 말을 들으면서 조금씩은 이해가 갔다.

"제가 찾는 사람의 특징이 있습니다. 충분히 확정 가능한 특징이니 생각나는 사람이 있으실지도 모르겠군요."

"특징이라……. 말해 봐."

"일단 조직의 보스입니다. 그리고 그 조직에서 마약을 담당합니다."

마약이라는 말에 그는 얼굴을 찌푸렸다.

그는 전형적인 건달에 속하는 타입이라 마약 같은 것은 일절 취급을 하지 않는다. 도리어 그 때문에 쿠데타를 일으킨 사람이다.

그런 그이니 마약에 관한 언급이 나오자 기분이 안 좋을 수밖에.

"뭐, 기분 나쁘기는 하지만 그런 새끼들이 몇 있지."

"그리고 상당히 가학적이고, 원한을 오래 가지고 있습니다. 간략하게 표현하자면 사이코패스인데……."

"그게 뭔데?"

"어…… 복잡하게 설명하면 복잡한데, 간단하게 설명하면 미친놈입니다."

"미친놈?"

"네, 가학성을 가지고 있어서 동물을 잔인하게 죽이는 걸 즐깁니다. 그게 사람이 될 수도 있고요. 그리고 경찰에 대한 두려움도 별로 없고……."

"잠깐, 잠깐."

노형진의 말을 멈추게 한 한만우는 뭔가 생각난 듯했다.

"다른 건 내가 잘 모르겠다. 조직 보스라고 해도 같은 조직에 있었던 놈이 아니면 알 게 뭐야."

"그런가요?"

"하지만 그 뭐냐, 짐승 괴롭히는 거? 그건 좀 알 것 같은데."

"네?"

그런 건 본래 조용히 하기 때문에 더 몰라야 하는데 그걸 안다니? 의외였다.

"야, 두식이 좀 불러 봐!"

그가 소리를 지르자 잠시 후 커다란 덩치의 한 남자가 들어왔다.

"여기는 노형진이라고, 나 아는 변호사. 그리고 이쪽은······ 누구더라?"

"손채림입니다. 그때는 잘 안 뵀었죠?"

"아, 미안, 미안. 내가 여자한테는 관심이 없어서. 이쪽은 두식이. 우리 부장이야."

"반갑습니다."

"반갑습니다."

간단하게 인사한 노형진은 왜 그를 불렀나 했다. 그런데 그를 부른 이유가 있었다.

"너 전에 있던 조직에서 미친놈 하나 안다고 했지?"

"전에 있던 조직?"

"뭐, 조직이라는 게 자주 바뀌고 그러니까."

어떤 조직이 소탕당하면 그 조직에 있던 처벌받지 않은 조직원들은 다른 조직으로 흡수되기도 한다. 그 역시 그런 일로 인해서 이곳으로 흡수된 사람이었다.

"그렇기는 한데 왜 그러십니까, 형님? 그게 벌써 몇 년 전인데요. 15년도 넘었습니다."

"아니, 이분이 미친놈을 찾는다고 해서."

"네? 뭘 시키시려고요? 청부?"

"그런 건 아닙니다."

노형진은 아까 했던 말을 다시 설명했고 두식이라는 부장은 고개를 끄덕거렸다.

"확실히 그 새끼가 미친놈은 미친놈이었지요."

"그걸 어떻게 아셨습니까?"

"전에 술 먹고 사장님한테 말씀드렸다시피……."

"나도 그때 꼴라였잖아. 제대로 기억 안 나."

"그러면 다시 말씀드리지요."

그가 그 미친놈을 만난 건 조직 생활을 시작한 지 얼마 안되었을 때였다.

그보다 선배였던 그 미친놈과 같은 집에 생활하라고 해서 그의 집으로 갔다는 것.

"그런데 왜 그 사람과 부딪친 겁니까?"

"그게, 평소에도 약간 이상하긴 했지만……."

뜬금없는 소리를 한다거나 남은 웃는데 전혀 반응이 없다거나 심지어 조직원이 죽어서 다들 우는데 눈물 한 방울 안 흘리는 것을 보고, 처음에는 그냥 독한 놈이라고 생각했다는 것이다.

"그런데 하루는 일이 일찍 끝나서 집에 일찍 들어갔는데 말이지요."

그런데 집에 갔더니 욕실이 피로 흥건했다는 것이다.

그리고 그 욕실 한가운데에서 그 선배라는 작자가 고양이의 가죽을 산 채로 벗기고 있었다는 것.

"산 채로요?"

"그렇다니까요. 내가 그걸 보고 기겁해서 뛰어나왔다니까요."

"음……."

"미친놈 중에 상 미친놈이었어요. 그날 이후에 집에서 잘 때마다 그 새끼가 칼 들고 와서 내 모가지 따는 거 아닌가 하는 생각에 잠을 못 잘 지경이었으니."

조폭이라고 해서 이득도 없이 그런 짓을 벌이지는 않는다. 즉, 그게 사이코패스라는 증거다.

"그런데 다행인지 불행인지 1년도 안 되어서 조직이 박살 나서요."

그 당시에 조직에 들어간 지 얼마 안 되어서 그는 그냥 풀려났고 그 선배라는 작자는 1년 형을 받고 빵으로 들어갔다고 했다.

그 이후에 소식은 끊어졌다.

사실 그런 충격적인 모습을 봤으니 다시 만나고 싶지도 않았을 것이다.

"그래서 그 녀석 이름이 뭡니까?"

"홍주신입니다."

"홍주신?"

노형진은 혹시나 하는 얼굴로 한만우를 바라보았다. 하지만 한만우는 모른다는 표정이었다.

"그 녀석을 찾으시는 건가요?"

"그 사람이 아직까지 이쪽 계통에 있다면 그럴 가능성이 높습니다."

"알아봐 드릴까요?"

"네? 가능하시겠습니까?"

"뭐, 연락 안 한다고 해도 그 사람이랑 안 하는 거지, 다른 형님들하고는 하고 지내거든요."

"그럼 부탁드립니다."

"네."

그는 알아본다고 하고 나가고 뒤에 남은 한만우는 혀를 끌끌 찼다.

"별 미친놈이 다 있네."

"세상은 넓으니까요."

"그런데 어쩌다가 그런 미친놈이랑 엮인 거야?"

"사실은……."

노형진은 사건에 대해서 간략하게 말했다.

그 말을 들은 한만우의 얼굴은 사정없이 일그러져 갔다.

"그 말이 사실이야?"

"네? 아, 네. 그렇습니다만."

"이런 개새끼."

이상하게 화를 내는 그를 보면서 노형진은 고개를 갸웃했다.

물론 나쁜 짓을 한 게 맞기는 한데 그도 조폭이 아닌가. 그런데 그런 일에 화를 내다니?

그러나 그가 화를 내는 포인트는 노형진의 생각과는 좀 달랐다.

"그 새끼가 서울에서 배달했다고?"

"네, 그렇습니다만?"

"이 자식을 꼭 잡아야겠군."

"네? 어째서요?"

"자네는 잘 모르겠군."

자기 구역이 아닌 곳에서 이런 식으로 장난을 치다가 만일 일이 터지면 가장 먼저 털리는 곳이 그 구역을 나와바리, 즉 자기 소속으로 둔 조직이다.

"그런데 보낸 곳은 둘째 치고, 받아야 했던 곳은 우리 나와바리라고."

"그런가요?"

"그래. 하지만 진짜 큰 문제는 그게 아니야."

"네?"

"이 구역에서 약을 뿌린다는 건, 간단해. 이 구역을 자기들이 먹겠다는 뜻이지."

"그게 무슨 말씀이십니까?"

"말 그대로 간단한 이야기라고!"

그는 마약을 싫어한다. 그래서 자기네 구역에서 마약이 유통되는 꼴을 못 본다.

하지만 돈만 된다면 뭐든 하는 새끼들이 어디에나 있는 법.

"그곳에다가 약 뿌려 봐."

약을 뿌려 대면서 어마어마한 돈을 뿌리는 조직과 그렇지 않은 조직이 싸우면 누가 이길지는 뻔하다.

애초에 조폭이라는 사람들은 인내심과는 거리가 있다. 당연히 그중에서 약에 빠지는 사람들도 있을 테니, 그들은 약을 구하기 위해서라도 그들 조직에 충성을 다 바치게 된다.

그리고 그들은 안정적인 판매를 위해서라도 그 지역을 집어삼키려고 하게 되는 것이다.

"단순히 판다, 안 판다의 문제가 아니야. 이 새끼들이 우리 몰래 전쟁 준비를 한 셈이라고!"

"아……."

노형진도 이게 얼마나 중요한 일인지 알아차렸다.

그 말대로라면 전쟁하기 전에 일단 기간 시설을 박살 내고 내부에 스파이를 심으려고 했다는 뜻이 된다.

"이 새끼들은 뭔데 간땡이가 부어서……!"

화를 내는 한만우.

때마침 문이 열리면서 두식이라는 사람이 들어왔다.

"아, 알아 왔는데요."

아까와는 확 달라진 분위기에 그가 움찔했지만 한만우는 손을 까딱여서 말하라는 표시를 했다.

"지금은 경기도 부천 쪽에 있답니다."

"부천?"

"네. 지금은 백사라고 불린다고 하네요."

"백사? 백사라고?"

"아십니까?"

그 별명에는 반응하는 한만우를 보면서 노형진은 혹시나 해서 물어봤다.

"알지. 내가 안다기보다는 그 옆에 있는 조직에서 들었어."

"다른 조직요?"

"우리라고 맨날 피를 피로 씻는 싸움만 하는 줄 알아?"

적당히 욕심도 안 부리고 서로 성향도 비슷하다면 굳이 싸울 이유는 없다. 싸움은 너도 죽고 나도 죽는 경우도 많으니까.

애초에 항쟁 모드로 들어가면 경찰이 구경만 할 리 없으니 말이다.

"그래, 부천 옆에 있는 상암동 쪽에 있는 녀석이 전에 그러더라. 누가 자기 구역에 자꾸 엑스를 뿌린다고."

"엑스?"

"엑스터시."

부천이면 술집이나 나이트가 밀집한 지역 중 한 곳이다. 그런 곳에 마약을 뿌린다?

'하긴. 엑스터시가 술하고 같이 많이 먹는 마약이 맞기는 하지.'

물론 그랬다가는 죽을 가능성이 높아지는 약이기도 하지만 말이다.

"짭새들이 냄새 맡고 자기들 귀찮게 하는데 죽겠다고 하더라. 그때 의심스러운 게 쌍두파라고 했어. 거기 보스가 백사라지?"

"또 다른 정황증거군요."

부천에서 서울로 넘어오려면 자연스럽게 상암 쪽을 거친다. 그리고 상암 쪽이면 최근 들어 발전하면서 클럽들이 많이 생기고 있다고 들었다.

"이 새끼가 아주 작심했구나."

부천을 거쳐서 상암을 통해서 서울 전역에 마약을 공급한다면 전국구로 성장하는 데 충분한 돈이 나올 수 있다.

"에? 하지만 형님, 마약은……."

"알아, 씻팔. 무지 위험하지."

사람이 위험한 것도 위험한 거지만, 한국은 마약 청정국에

속하며 정부에서는 그걸 지키기 위해서 노력한다.

당연히 마약을 취급하는 곳은 강한 처벌과 더불어서 추적도 심하게 받게 되어 있다.

"나라가 멀쩡하면 그렇지."

"네?"

"씻팔, 이게 나라냐?"

노형진은 왠지 기분이 이상했다.

'도대체 조폭이 나라 걱정을 하다니, 나라 꼴이 어떻게 되어 가는 거야?'

그러나 다행인지 불행인지 그가 걱정한 것은 나라가 아니라 자신들이었다.

"요즘 개나 소나 떡값 달라고 붙더라."

"무슨 말씀이신지?"

"쩐 말이야, 쩐."

"아아아……."

노형진은 대번에 이해가 갔다.

이번 정권 들어서 대한민국의 부패도는 말 그대로 수직 상승을 하고 있었다.

전에는 꿈도 꾸지 못할 일이었지만 공무원이 민원인한테 어디 노예 주제에 떠드냐고 뭐라고 할 정도로 부패도가 심각해졌다.

"아니, 왜 위가 타락한다고 아래도 타락해? 그건 아니지 않나?"

손채림은 이해가 안 간다는 듯 물었다. 노형진은 그런 그
녀에게 설명해 줬다.

"윗물이 맑아야 아랫물이 맑다는 말 알아?"

"당연히 알지."

"그거랑 똑같은 거야."

위에 더러운 놈이 앉으면 그놈은 돈을 모으기 위해서 혈안
이 된다. 당연히 아래에서는 그 돈을 안 줄 수가 없다.

"그러면 당연히 돈 준 놈만 자리를 차지하거든."

"아하!"

문제는 그놈이 승진만으로 만족하지 않는다는 것이다.

다시 승진하기 위해서는 더 많은 뇌물을 줘야 하며, 어느
정도 자리가 되면 슬슬 자신도 욕심을 내기 시작한다.

"결국 그들이 돈을 받아 낼 수 있는 구멍은 뻔하지."

청탁 아니면 뇌물.

"안 그래도 온갖 짭새들이 다 날아든다니까. 콩고물 털어
먹는 수준이 아니라 방앗간까지 털 기세야."

"그래요?"

"그래."

"음……."

그렇다면 뇌물을 받기 위해서 눈을 감는다는 뜻인데…….

'그러고 보니…….'

노형진은 몇 년 후에 있을 뉴스가 잠깐 기억났다.

잠깐 호들갑 떨다가 지나간 뉴스였지만 노형진으로서는 충격적인 것이었기 때문에 확실히 기억하고 있었다.

'몇 년 후에 한국이 마약 청정국 지위가 박탈되지.'

뭐, 그게 있다고 해서 딱히 좋은 건 없다. 그냥 우리나라는 깨끗하다는 그런 느낌?

유엔에 따르면 마약 청정국 지위는 인구 10만 명당 마약 사범이 스무 명 미만이어야 한다.

그런데 마약 사범이 무서운 속도로 늘어나 1년 사이에 20% 이상 폭증하면서 결국 그 지위를 잃어버린 것이다.

'더군다나 우리나라는 딱히 마약 단속을 심하게 하지 않는단 말이지.'

마약반이 있기는 하지만 규모가 크지 않다. 그리고 그들도 필로폰이나 마리화나 같은 것을 주로 추적하지 엑스터시나 기타 마약류는 잘 추적하지 않는다.

그런 면을 감안하면 한국 내 마약 유통량은 어마어마하다는 뜻이다.

'이때쯤부터인가.'

사람은 삶이 힘들면 마약을 찾는다.

이때쯤부터 경기가 악화되면서 사람들의 삶이 힘들어져서 마약을 하는 사람이 늘어났다는 소문은 들은 적이 있다.

마약은 삶의 행복도와 밀접한 관련이 있는데, 전쟁터에서는 마약중독자였던 군인이 가족들의 품으로 돌아가자 마약을 끊는 데 성공했다는 이야기도 있었다.

"애초에 경찰 내부에 누가 있을 거라고는 생각하고 있었습니다."

"그렇겠지. 그렇지 않으면 신고자의 집 주소를 알아낼 수는 없을 테니까."

시스템을 좀 아는 한만우는 눈을 찌푸렸다.

"아무래도 안 되겠다."

"네?"

"이거 그냥은 못 두겠어."

"그게 무슨 말씀이신지."

"이 전쟁에 나도 끼겠어. 마약으로 우리 구역이 더러워지는 것도 마음에 안 들고, 이 새끼들이 전쟁한다는데 우리가 도망갈 수는 없잖아?"

생각지도 못하게 조폭들과 연합 전선을 펼치게 된 노형진은 입을 쩍 벌리고 말았다.

충격과 공포다, 그지 깽깽아

"자네가 실수한 거야."

김성식은 노형진의 말에 피식 웃으면서 말했다.

"조폭이라는 놈들은 길들지 않은 늑대와 비슷해. 자기 영역을 침범하면 절대로 그냥 두고 보지 않아."

"그래도 그렇지, 다짜고짜 같이 싸우겠다고 하면……."

"차라리 다행이라고 생각하게."

"다행요? 아니, 왜요?"

"자네가 끼면 최소한 사람이 죽지는 않을 거 아닌가? 그냥 두면 이게 어떤 식으로 싸움이 진행될 것 같나?"

"끄응……."

김성식의 말에 노형진은 곤란한 듯 묘한 표정이 되었다.

그들이 양심적으로 신고하면서 싸우지는 않을 테니 결국 남는 건 하나뿐이다. 바로 항쟁.

"상대방 조직은 마약까지 유통하는 극단적 놈들이야. 아마 조직원 중에는 마약을 하는 놈들도 있겠지. 그 녀석들이 그냥 물러나겠나?"

"그럴 리 없지요."

당장 물러나서 조직이 망하면 마약을 구할 수 있는 방법이 없다.

물론 다른 마약 업자가 없는 것은 아니지만 기업에서도 직원 할인이 있듯이, 마약을 거래하는 놈들도 그런 게 있다.

"그나마 다른 회사의 직원 할인은 중독성이라도 없지."

하지만 마약은 다르다. 마약은 강한 중독성을 가지고 있다. 더군다나 그 가격 역시 절대로 싼 것이 아니다.

그리고 대한민국에서 마약 판매업자를 찾는 것은 절대로 쉬운 게 아니다. 엑스터시 같은 건 그나마 쉽지만 필로폰 같은 것은 쉬운 게 아니다.

"차라리 피를 보지 않고 사건을 해결하려면 자네가 도와주는 게 나을 거야."

"그냥 두면 안 돼요?"

손채림은 짜증 난다는 듯 말했다.

아무리 의뢰인이라고 해도 어찌 되었건 조폭이고, 그러니 사회에 도움이 되는 것은 아니니까.

"어차피 사회에 암적인 존재들인 건 마찬가지잖아요?"

"나도 아네. 하지만 세상이라는 게 그렇게 만만한 게 아니지. 어딜 가나 하수구는 필요하니까."

"하수구?"

"그래."

검사였던 김성식이 조폭들에게 좋은 감정을 가지고 있을 리 없다. 하지만 그럼에도 불구하고 그는 인정할 건 인정해야 한다고 생각하고 있었다.

"세상이 너무 깨끗하기만 할 수는 없네. 자네들, 슈퍼 박테리아가 왜 생겨나는지 아나?"

"슈퍼 박테리아요?"

"그래, 그건 역설적이게도 깨끗한 환경을 추구해서 생겨나는 거야."

슈퍼 박테리아 또는 슈퍼 세균이 생기는 이유는 항생제나 소독약의 내성 때문이다.

병원 등의 장소에서 위생을 위해서 소독약을 자주 쓰는데, 아주 낮은 확률이지만 그 소독약을 이겨 내는 세균이 존재한다는 것이다.

그런데 문제는 여기서 발생한다.

사람으로 친다면 한 아파트에 여러 사람들이 있다.

그런데 그 아파트가 바글바글하면 새로운 사람들이나 이주민이 들어오기 힘들다. 그러나 어떠한 이유로 싹 나가 버리면 비어 있는 공간이니 들어오기 쉬워진다.

　더 심각한 문제는 사람은 이사라도 하지, 세균은 무서울 정도로 번식한다는 것이다.

　"처음에는 다른 세균이 있던 자리가 비었으니 내성이 있는 세균이 무섭게 늘어나고, 그걸 없애기 위해서 또 소독하고, 그러다 보면 또 내성이 있는 세균이 늘어나는 악순환이지."

　결국 어느 틈엔가 내성을 가진 세균이 모조리 점령하게 되는 것이다.

　"경찰이 소독약이라면 조폭은 세균이지. 그러면 차라리 경찰과 소통되고 관리되는 커다란 녀석들 두고 관리하는 게 나아. 애초에 작은 놈들은 한탕 하고 튀면 그만이니까 아주 막나가는 성향이 있거든."

　"이해했습니다."

　지금 있는 조폭들은 최소한 자기들끼리 싸울지언정 민간인에게 손을 대는 녀석들은 아니다.

　그런데 두 집단이 싸워서 양패구상을 하게 될 경우 무주공산에 들어올 녀석들은 확률적으로 그런 작자들보다 부패한 녀석일 가능성이 높다.

　더군다나 지금 같은 경우는 두 집단이 싸우게 된다면 이기는 건 마약을 유통하는 업자가 될 가능성이 높다.

　일단 뿌릴 수 있는 자금의 단위도 다를 뿐만 아니라, 내부에서 조직원들이 필사적으로 싸워야 하는 이유 역시 다르니까.

마약에 중독된 조직원들은 절대로 그곳을 못 벗어난다.

"결국 제 손을 빌려서 청소하겠다 이거네요."

"그렇지."

"기분이 좋지는 않네요."

"뭐, 세상이라는 게 그런 거 아닌가? 이용할 때 이용하는 거지."

확실히 싸우게 된다면 병신이 되는 사람들도 나올 테고 죽는 사람들도 나올 것이다. 설사 이긴다고 해도 항쟁의 결과가 언제나 그렇듯이 경찰이 그들을 박멸하려고 나설 것이다.

그러니 차라리 노형진을 도와주는 쪽으로 하는 게 자신들에게도 유리할 것이라는 것을 한만우는 알아차린 것이다.

"한만우 그 사람, 조폭이기는 하지만 바보는 아니야."

"인정합니다."

노형진은 고개를 끄덕거렸다.

애초에 바보였다면 내부에서 쿠데타를 벌일 때 다른 사람들과 마찬가지로 사람을 모아서 칼 들고 설쳤지, 자신을 찾아오지는 않았을 것이다.

"억울하면 자네도 이용하면 되지 않나?"

"안 그래도 그럴 겁니다."

노형진은 이번 일에 그들을 동원할 생각이었다.

어차피 자신들도 적자 봐 가면서 해결하는 사건이다. 그러니 그들을 이용하여 그 적자 폭을 줄일 것이다.

애초에 도와준다는데 거절할 이유도 없고.

"그러면 어쩌려고? 그 녀석들을 신고한다고 해도 처벌이 제대로 될 것 같지는 않은데."

"우리는 그 녀석들이 처벌받는 걸 노리는 게 아니야. 쌍두파의 몰락을 바라는 거지."

"그러면?"

"간단해. 그들이 부천을 기반으로 활동한다면 그 지역에서 그들의 활동을 봉쇄하면 되는 거야."

"싸워서?"

"그럴 리가 있나."

노형진은 어깨를 으쓱했다.

"일단은 신고부터 해야지."

"신고? 아니, 누군지 알고?"

"내가 신고할 건 마약 업자들이 아닌데?"

"응?"

"어차피 신고해 봐야 그들은 도망간다고."

과연 경찰들이 진짜로 모를까? 그럴 리 없다.

이번에 피해자의 주소가 새어 나간 것만 봐도 알 수 있듯이, 경찰 내부에는 그들의 일파가 있다.

당연히 신고하는 순간 그들은 그 일파로부터 연락을 받을 것이다. 그리고 경찰이 현장에 도착할 때쯤에는 이미 도망가고 없을 것이다.

"하지만 도망가지 못하는 사람도 있는 법이지."

노형진은 그 도망가지 못하는 사람들을 노려 볼 생각이었다.

⚖

"뭘 신고해?"

선광태 형사는 자신을 붙잡고 있는 녀석을 보면서 되물었다.

"마약요."

"네가?"

"네."

"아니, 이 새끼가 뭘 잘못 처먹었나?"

"에이, 형님. 우리는 그런 거 안 하잖습니까? 아시면서 왜 그러세요?"

"형님 같은 소리 하고 자빠졌네."

자신에게 마약을 신고하는 남자. 그는 선광태 형사가 익히 아는 사람이었다.

개인적으로 아는 건 아니고 공적으로 아는 사이다. 그렇다 고 절대 우호적인 관계는 아니다.

그는 조폭이고 자신은 형사니까.

"조폭이 마약을 신고해? 허, 기가 막히네."

옆에 있던 사람도 어이가 없다는 표정이 되었다.

"지금이 21세기인데 언제까지 회칼 들고 담근다고 뛰어야겠습니까?"

"얼씨구? 보자 보자 하니까."

마치 평화의 선도자가 된 것 같은 말에 기가 막힌 두 사람.

"그래도 증거는 확실하잖아요."

"뭐, 그건 그렇지."

"저도 선량한 대한민국 국민이라니까요."

"선량 같은 소리 하고 자빠졌네."

타박하기는 했지만 선광태는 조폭의 손에 들린 물건을 집어서 자세하게 살폈다.

"엑스 맞는 것 같지?"

"맞네."

엑스터시. 소위 엑스라고 불리는 물건.

"이거 어디서 구한 거야?"

"어젯밤에 클럽에서 구했습니다요."

"클럽? 너희 클럽?"

"네."

"이거 미쳤네? 너희 형님도 아냐?"

"알죠. 형님이 신고하라고 해서 하는 건데요."

"뭐?"

두 사람은 벙한 표정이 되었다.

그럴 수밖에 없는 게, 자기네 클럽에서 이런 걸 잡았다면 당연히 수사는 거기에서부터 시작된다는 뜻이다. 그리고 그 말은 자기들이 수사 1순위라는 뜻이다.

"알면서 하는 거냐?"

"네! 우리는 깨끗하니까요."

"지랄."

그렇게 말하면서도 그는 속으로 생각이 많았다.

진짜로 깨끗하다는 자신감이 없다면 이걸 신고할 리 없다. 즉, 누군가 다른 작자가 끼어들었다는 것이다.

"그리고 서비스도 있습니다."

"서비스?"

"여기."

투명한 액체를 건네는 남자.

그걸 받아 든 선광태는 기가 막혔다.

"야! 이거 물뽕 아냐?"

"그렇지요."

"이 새끼야! 이게 메인이지, 서비스냐? 아오!"

그는 자리에서 벌떡 일어났다.

그럴 수밖에 없는 게, 엑스터시는 최소한 자기가 먹고 흥분하는 흥분제 같은 것이지만 속칭 물뽕, 즉 GHB는 보통 '데이트 강간 약'이라고 불리며 강간에 자주 사용되는 약이기 때문이다.

"이게 시중에 돈다는 거야?"

"모르죠."

"뭘 몰라?"

"저희도 우연히 얻은 거라……."

"음……."

두 사람은 잠깐 고민하더니 자리에서 일어났다.

"가자!"

"어딜요?"

"너희 가게. 너희 형님이랑 이야기를 좀 해야겠다."

"그럼요. 형님이 기다립니다. 어디 룸 잡고 쌔끈한 애들 좀 부를까요?"

"이 새끼가 우리를 콩밥 먹이려고 그러나? 사무실에서 봐, 사무실."

그들이 움직이는 걸 보면서 조직원은 씩 웃었다.

"아, 진짜 아니라니까요!"

발악하면서 끌려 나오는 남자들. 그들을 보면서 노형진은 씩 웃었다.

"그럴 줄 알았지. 약을 사서 그걸 구경하지는 않을 테니까."

"그런데 이런다고 박멸될까?"

"그럴 리는 없지만, 그 녀석들이 다급하게 움직이게 할 수는 있지."

직접적으로 판매상을 신고하면 100% 도망간다고 보면 된다.

설사 누군가 경찰 내부에서 알려 주지 않는다고 해도 판매하는 녀석들은 주변에 감시하는 녀석들을 두고 경찰이 움직이면 바로 움직이기 때문이다.

"그런데 왜?"

"마약의 거래는 기본적으로 아는 사람이어야 하거든. 마약이 사탕은 아니잖아?"

경찰이 혈안이 되어서 마약을 추적하는데 좌판에 깔아 두고 팔 수는 없다.

즉, 마약을 파는 녀석들은 아는 녀석을 통해서 소개받는 형식으로 그 폭을 넓힌다.

"그런데 그 아는 놈들이 잡혀간다고 생각해 봐."

"아하!"

"수사도 결국은 역순이니까."

엑스터시 같은 것은 '파티 마약'이라 불린다. 그리고 물뽕은 '데이트 강간 약'이라 불린다.

양쪽 다 술집이라는 코드가 맞는다.

"그러니 내부에서 누군가는 쓸 거라는 거지."

업주가 신고하고 업주의 신고를 받은 경찰이 현장에서 단속하면, 가지고 있는 놈은 걸릴 수밖에 없다.

그렇게 되면 그가 소개해 준 작자나 소개시켜 준 작자를 털어 낼 수가 있다.

"물론 100% 다 털어 내지는 못하지만 말이야. 최소한 그런 게 소문이 나면 쌍두파는 움직임이 제한될 거야."

직접적으로 판매하는 녀석이 신고된 게 아니니 조심할 수밖에 없는 게 사실이다.

"거기에다 가짜 소문 몇 개 붙여 주면 당분간 쌍두파는 꼼짝도 못 해."

"가짜 소문?"

"그래. 때로는 가짜 소문의 위력이 생각보다 강하거든."

"그래요?"

쌍두파의 보스인 백사는 보고를 받으면서 싱글싱글 웃었다. 그리고 그 미소를 본 부하들은 등골이 오싹해졌다.

'씨발, 이러다가 누구 하나 죽는 거 아냐?'

경찰서 내부에서 들어온 소문.

그건 다름 아닌 마약을 사 갔다가 클럽에서 걸린 새끼들 중 몇몇이 협상을 조건으로 거래하는 녀석을 다 불었다는 소문이었다.

전화번호와 거래 위치까지 불었다고 하니 일이 심각했다.

"그러면 우리는 거래를 못 하겠네요?"

"그게…… 당분간은 어려울 듯합니다."

잡혀간 새끼들이 다 불었으니 경찰이 손님인 척하면서 접근할 수도 있다.

그렇다고 그냥 기존에 있던 손님들과 거래하자니 그들 중 누가 경찰에 잡혀가서 그들과 거래했는지 알 수가 없으니 그마저도 위험한 상황.

"앞으로 짧게는 한 달…… 최소한 세 달은 조심해야……."

빠각!

보고하던 보폭은 갑작스럽게 휘둘린 명패를 피하지 못하고 그대로 머리를 맞았다.

그는 눈동자가 풀린 채로 스르륵 쓰러졌고, 백사는 그런 그를 무심하게 바라볼 뿐이었다.

"저는 제대로 일 못하는 사람이 싫습니다만?"

얼굴은 미소를 보이고 있었지만 절대 웃는 게 아니라는 것쯤은 다들 알고 있었다.

"그게…… 갑작스럽게 그렇게 단속할 줄은……."

"보통은 그런 단속을 하면 술집에서 알아서 하는 거 아닌가요?"

"그게…… 술집들에서도 소문이 안 좋아서……."

"소문?"

"네, 물뽕을 이용해서 강간이 자주 벌어진다는 신고가 자꾸 들어간다고……."

물론 반쯤은 맞는 이야기이기도 하다.

"그래서 경찰의 기습 단속에 협조적이었다고 합니다."

문을 막고 경찰의 점검을 받지 않은 사람은 아예 내보내지 않았던 것이다. 그 덕분에 피할 수도 없이 그냥 잡혀 버린 것.

"그거 그냥 버리면 안 됩니까?"

"그게…… 경찰이 수를 썼답니다."

"수?"

"네."

경찰이 오자마자 음악을 꺼 버리고 마이크로 이 내부에 물뽕을 이용한 강간범이 있을 수 있다고 방송해 버린 것이다.

그러자 손님들은 경악했고, 자연스럽게 서로가 서로를 감시하는 구조가 되었다.

특히나 여자들이 기겁해서 조금만 움직이면 경찰을 불러 대면서 호들갑을 떨어 대는 바람에 버리고 싶어도 버릴 틈이 없었다는 것.

"화장실도 못 가게 했다고 하더군요."

"흐음……."

어찌 되었건 경찰이 움직였고 그 때문에 마약을 사 간 사람들이 걸렸다. 생각지도 못한 일이었다.

"당분간은 조심하라고 하세요. 새로 판로도 뚫어야 하고요."

당장 전에 거래하던 놈들 중 누가 배신자인지 알 수가 없으니 그 녀석들에게 다시 약을 파는 것은 위험한 일이다.

물론 안 걸린 놈도 있겠지만 걸린 놈이 약속을 하고 나왔을 수도 있다.

그러나 구더기 무서워서 장 못 담글 수는 없으니 결국 조
심하라는 말밖에 할 수 있는 게 없었다.

"당분간은 몸을 좀 사립시다."

백사는 웃으면서 말했다. 그리고 피를 흘리면서 바닥에 쓰
러진 부하를 바라보았다.

"저 사람은……."

꿀꺽.

그가 지명하자 다들 침을 삼켰다. 여기서 그의 목숨이 결
정되기 때문이다.

"아무래도 병원에 가는 건 그렇지요?"

"네? 아, 네…… 그게…….."

여러 가지 말뜻이 숨어 있기 때문에 다들 눈만 데굴데굴
굴렸다.

병원에 보내지 말라는 게 과연 무슨 뜻일까?

자신이 처리하겠다는 뜻일까, 아니면 처리하라는 뜻일까?

"적당히 붕대를 감아 주세요."

"네?"

"붕대 적당히 감아 두라고요."

"아, 알겠습니다."

"그럼 이만하지요."

백사가 나가자 다들 한숨을 내쉬었다.

그리고 그중 한 명이 잽싸게 다가가서 쓰러진 남자의 상태를 살폈다.

"아무리 봐도 이거 훅 갔는데? 눈동자가 풀렸어."

아무래도 폭력으로 먹고사는 처지다 보니 대략적인 상태를 알아볼 수가 있었는데, 흐르는 피나 상태를 봐서는 단순히 기절한 게 아니라 뇌진탕을 일으켰을 가능성이 높았다.

"까딱하면 골로 가겠어."

"으음……."

그러면 당연히 병원을 가야 한다.

하지만 때로는 당연한 것이 불가능할 때도 있었다.

"그러면 어떻게 되는데?"

"……."

그를 병원으로 보내면 그는 살지 몰라도 자신은 죽는다.

백사가 몰라서 병원으로 보내지 말라고 한 게 아니다. 병원으로 보내면 자신의 폭행이 드러날까 봐서도 있지만, 일종의 시험이다.

부하들이 목숨을 걸고 저항할 것이냐, 아니면 자신의 말을 들을 것이냐를 확인하기 위한.

"싯팔……."

누군가 나지막하게 중얼거리며 입술을 짓깨물었다.

만일 세력만 있다면 쿠데타를 일으켜서라도 백사를 끄집어 내렸을 것이다. 그러나…….

"쉿, 조심해야지."

옆에 있던 친구가 기겁하면서 그를 말렸다.

"죽고 싶어?"

"이러다 언젠가는 우리도 죽어."

"하지만……."

저항하려고 해도, 행동해야 하는 대원들 대부분이 마약에 취해 있다. 그리고 그 마약을 공급할 수 있는 것은 오로지 백사뿐이다.

그러니 그들이 마약을 끊어 내고 자신들을 편들어 줄 리 없다.

마약을 구하기 위해서 단돈 몇만 원에 사람 죽이는 게 마약중독자들이다. 당연히 세력도 규합하지 못하니 쿠데타는 불가능한 일.

"일단은…… 붕대를 감자고."

누군가 나서서 한숨을 쉬며 말했다.

"내가 아는 사람에게 왕진을 부탁해 보지."

"형님."

"병원에 보내지 말라고 했지, 의사를 부르지 말라는 소리는 안 했잖아?"

"하지만……."

아무리 의사라고 해도 장비조차 없이 해 줄 수 있는 것은 한계가 있다. 제대로 시설이 있는 병원에서 치료하지 않으면 방법이 없을 수도 있다.

"어쩌겠어."

자신들이 할 수 있는 것은 그게 최선이었기 때문에 그들은 한숨을 쉬는 수밖에 없었다.

"쌍두파의 움직임이 많이 줄었다고 하더군."

한만우는 흡족한 얼굴이 되었다.

"우리는 그냥 담가 버릴 생각만 했는데 말이지."

"그러면 서로 곤란한 거 아닌가요?"

"그래서 자네가 있는 거 아닌가?"

"제가 조직원도 아닌데."

노형진은 얼굴을 찡그렸지만 한만우는 그저 허허 웃을 뿐이었다.

"공짜로 써먹을 수 있을 때 써먹어야지."

"공짜는 아닙니다만?"

"그래도 싸게 먹히는 건 맞잖나?"

"끄응…… 그건 그렇지요."

물론 노형진이 그 사이에서 고생 좀 해야 하지만 말이다.

"그래서 놈들을 위축시킨 건 맞는데, 그 녀석들 어떻게 할 거야? 그냥 여기서 물러날 거야?"

"그건 아닙니다. 전에도 말씀드렸다시피 저희의 입장에서는 그들을 확실하게 몰락시켜야 하거든요."

그것도 단시일 내에 말이다.

시간이 길어질수록 피해자들의 정신적 피로도는 급증한다.

더군다나 지금이야 노형진이 자비로 그들의 생계를 지원한다지만 영원히 그럴 수 있는 것도 아니다.

결국 그들은 자신들의 삶으로 돌아가야 하는데, 쌍두파가 있는 이상에는 그럴 수가 없다.

"그래서 여러분을 좀 써 볼까 생각 중입니다."

"뭐? 항쟁은 안 된다며?"

한만우는 기가 찬 얼굴이 되었다.

노형진이 분명히 그랬다, 항쟁은 안 된다고.

"압니다. 항쟁은 안 되지요. 하지만 내부에서 붕괴시키는 건 항쟁이 아니지요."

"응?"

"솔직히 말씀해 주세요. 마약 파는 판매상들, 찾을 수 있지요?"

"그거야……."

슬쩍 고개를 돌리는 한만우.

당연히 찾을 수 있다. 하지만 그들을 죽여 버리면 곤란하니까 차마 건드리지 못하고 있을 뿐이었다.

"그들을 건드리면 바로 항쟁 모드야. 알지?"

"알죠. 하지만 건드린 사람이 우리가 아니라면 어떨까요?"

"응?"

"사실 1단계 작전은 안 해도 되는 거였습니다. 그런데 왜 제가 1단계 작전을 했는지 아십니까?"

"1단계? 그 약 산 새끼들 신고한 거?"

"네."

"그게 필요가 없는 거였어?"

당황하는 한만우.

사실 그런 걸 신고하면 자신들에게도 피해가 적지 않다. 그런 소문이 나서 얼마간은 손님도 떨어지기 마련이다.

그런데 필요한 게 아니었다니?

"필요는 했습니다. 다만 필수는 아니었다는 거죠."

"이런……."

어이가 없다는 표정으로 바라보는 한만우.

노형진은 그런 그를 보면서 히죽하고 웃었다.

"절대 싸다고는 안 했습니다."

"끄응……."

자신은 그냥 노는 조직원들 인건비 안 줘도 되니 좋다고 생각했는데 그곳에서 나오는 수익을 생각하면 적지 않은 게 사실이다. 그걸 생각하면 절대 싼 건 아니다.

"항쟁보다는 나을 텐데요."

"그건 그렇지."

항쟁하면 누군가는 죽고 다치기 마련이다.

그나마 조직이 건재하면 지원이라도 해 주지만, 그렇지 못하면 그냥 버려지는 것이다.

'더군다나 요즘은 돈도 시원치 않은데.'

사실 그의 조직은 양성화에 제법 성공한 편이다. 그래서 최소한 자기네 사람이 굶는 경우는 없다.

그러나 다른 조직들은 일반적인 사람들의 생각과 다르게 영세하고 가난하며 빈부 격차가 심하다. 그래서 어떤 조직은 조직원을 동원해서 노가다를 뛸 정도로 돈이 없다.

그나마 한만우의 조직은 한만우가 쿠데타를 일으켜서 권력을 잡으며 그들이 빼돌린 돈을 모조리 빼앗아서 그걸로 쓸만한 가게 몇 군데 오픈해서 괜찮은 편인 거지, 다른 곳은 돈이 없어서 부모에게 용돈을 받는 조폭도 있을 지경.

"좀 싸게 하나 싶었더니, 끄응……."

한만우의 입장에서는 입안이 쓴 모양이었다.

"뭐, 방법이 있겠지요. 차차 나아지지 않겠습니까?"

"그래, 방법이 있겠지."

그때 한만우가 눈을 순간적으로 반짝거리는 것을 노형진은 보지 못했다.

그렇기에 그로 인해서 그가 참 머리 아파지는 것은 나중의 일이다.

"그래서 그건 그거고, 저쪽 놈들은 어쩔 거야?"

"저 녀석들의 주요 수입원은 마약입니다. 그렇지요?"

"그래."

"그러니 마약 판매를 막으면 됩니다."

"마약 판매는 이미 막았잖나?"

"일부죠."

"일부?"

"네, 엑스터시와 물뽕같이 상대적으로 중독성이 약한 것만 판매가 줄어든 것일 뿐, 나머지 마약들의 거래는 여전히 활발합니다."

"아무래도 용도가 다르니."

엑스터시는 중독성이 아주 강한 건 아니다. 그래서 파티 마약으로 흔하게 이용되는 것이다.

그리고 물뽕이야 누구나 알다시피 데이트 강간 약이고.

"이 두 가지는 상대방이 있다는 게 기본 전제지요."

"그런데?"

"진짜 돈이 되는 건 필로폰이나 대마입니다."

그건 상대방이 없다. 그리고 개인이 몰래 조용히 즐기는 마약이다.

당연히 그 중독성 역시 강하다.

"하지만 그들의 움직임도 많이 줄었지."

"그게 목적입니다."

"목적?"

"혹시 화장 좋아하십니까?"

"화장?"

노형진의 말에 그게 무슨 소리인가 하는 한만우.

때마침 문이 열리면서 몇 사람과 함께 손채림이 안으로 들어왔다.

"자, 그럼 화장을 시작해 볼까요?"

어마어마한 양의 화장품을, 한만우도 그들과 함께 들어온 조폭들도 어이가 없다는 듯 바라보기만 할 뿐이었다.

⚖️

"너무 비싸요."

퀭한 눈빛 그리고 떨리는 손.

한때 잘나가는 부잣집 도련님이었던 그는 다급하게 말했다.

"우리도 어쩔 수 없다고. 요즘 단속이 심해서 말이지."

깡치는 그렇게 말하면서 히죽 웃었다.

"사든가 말든가."

"으으……"

아주 작은 봉투에 담겨 있는 하얀색 가루.

고작 0.5그램 정도밖에 되지 않는 마약.

그 마약을 사기 위해서는 무려 100만 원이라는 돈이 필요했다.

꿀꺽…….

그는 그 마약을 보면서 침을 꿀꺽 삼켰다.

약을 사기 위해서 쓸 수 있는 돈은 다 썼다. 지금 갖고 온 것도 다음 학기 등록금이라고 받아 낸 돈이다.

그걸 쓰면 당연히 등록을 못 하지만.

"주세요."

마약중독자에게 미래라는 것은 사치다. 그는 그저 순간을 위해서 살 뿐이었다.

"땡큐, 고객님."

현금 100만 원을 받아 든 깡치는 봉투를 건넸고, 그걸 받아 든 남자는 황급하게 어디론가 사라졌다.

"짭새한테 가는 건 아니겠지?"

얼마 전 형님들에게 들은 게 있던 깡치는 혹시나 하는 생각을 했지만 머리를 흔들었다.

"다른 놈은 몰라도 저 새끼는 아니야."

이미 찌들 대로 찌들어서 제대로 생각도 못 하는 놈이다. 그런 놈이 짭새와 협상했다고 보기에는 무리다. 최소한 필로폰을 하는 놈들은 고작 그런 걸로 협상하지는 않는다.

"결국 엑스나 하는 새끼들이지, 뭐."

클럽에서 여자 따먹으려고 약을 사 가는 새끼들은 처벌이 두려워서 다 불었을 가능성이 있다. 그러니 그런 녀석들만 조심하면 된다고 생각하면서 그는 어두운 골목으로 들어가려고 했다.

"으으……."

그런데 뒤에서 들리는 고통스러운 목소리.

"뭐야?"

고개를 돌려 보니 어떤 놈이 바닥을 박박 기고 있었다.

"누구야?"

"야…… 약 좀……."

"약? 무슨 약?"

"제발 약 좀……."

힘들게 고개를 처든 남자의 얼굴을 본 깡치는 그가 마약중독자라는 사실을 알아차렸다.

'호구 새끼 오셨네.'

시커먼 눈 그리고 바들바들 떨리는 손, 바닥까지 내려온 듯한 다크서클.

그건 그가 심각한 마약중독자라는 것을 알려 주고 있었다.

"돈은?"

"제발…… 약 좀……."

"돈 없어? 돈 말이야! 돈! 쩐! 머니!"

"나중에 드릴게요……. 약 좀 주세요……."

"웃기지 마."

돈이 없으면 약도 없다. 간단한 규칙이다.

"한 번만…… 제발 한 번만……."

"웃기지 말라고, 이 약쟁이 새끼야."

발로 뻥 차 버리는 깡치.

남자는 힘없이 바닥을 나뒹굴었다.

"돈이 없으면 장기를 팔든가 아니면 훔치든가 해서라도 가지고 오라고!"

"하지만……."

"하지만은 뭐가 하지만이야!"

예외는 없다. 무조건 그게 규칙이다.

'아깝네. 계집이면 적당히 몸을 팔아서라도 가지고 오라고 하면 좋은데.'

안 그래도 업소에서 일할 여자가 부족하다고 형님들이 말했으니 면상이 괜찮으면 좀 데려가고 싶었는데 안타깝게도 자신의 구역에 여자 중독자는 별로 없었다. 있어 봐야 돈 안 되는 아줌마뿐이고.

"꺼져."

깡치는 힘없이 쓰러진 중독자를 힐끗 보고는 다시 골목 안쪽으로 들어가려고 했다.

그러나 그다음 순간 뒤쪽에서 요란한 소리가 들려왔다.

"으아아아!"

그리고 그가 고개를 돌렸을 때 보인 것은, 커다란 주먹이었다.

"털려?"

"네."

깡치는 무릎을 꿇은 채 눈을 데굴데굴 굴리고 있었다.

지금 그의 눈앞에는 가장 큰형님인 백사가 있었다.

"그러니까 중독자 새끼들이 미쳐서 너를 털었다고?"

"네……."

"흠……."

"아무래도 약을 못 구해서 미친 것 같습니다."

아무래도 조심하라는 말 때문인지 마약을 구하지 못하는 애들이 생기기 시작하자 그 새끼들이 미쳐서 습격한 모양이었다.

"흠……."

백사는 물끄러미 무릎을 꿇고 있는 깡치를 바라보았다.

얼마나 얻어터진 건지 입술은 터지고 눈에는 멍이 들었다.

그건 좋다. 사실 그건 자신과 아무런 관련이 없다.

그가 죽든 말든 말이다.

"그래서 약은?"

"네?"

"그래서 약은 어쨌느냐고."

"그러니까 털렸다고……."

"내가 그걸 어떻게 믿어?"

"무슨 말씀이신지?"

"네가 그날 털린 약이 얼마치인 줄 알아?"

"네……."

"2천만 원어치야."

모를 리 없다. 자신이 그걸 팔기 위해서 들고 나갔으니까.

약만 털린 게 아니라 팔았던 돈까지 모조리 털렸으니 당연하게도 한 푼도 안 남았다.

"그건 어떻게 할 거야?"

"네?"

"그거 말이야. 어쩔 거냐고, 그 돈."

"하지만 형님…… 그건 제 잘못이……."

"증거 있어?"

"증거요?"

"그래. 네가 누구와 짜고 빼돌렸는지 어떻게 알아?"

"형님!"

깡치는 억울해서 크게 소리를 질렀다. 그러나 노려보는 백사의 눈빛에 바로 꼬리를 말았다.

사이코패스인 백사의 눈빛을 일반인이 받아 내는 것은 무리가 있었던 것이다.

"증거도 없이 믿어 달라고 하면 어떻게 믿어?"

'아니, 무슨 증거가 있다는 거야!'

깡치는 억울했다.

그런 거래를 사람이 많고 카메라 많은 곳에서 할 수 있을
리 없으니 당연히 사람 없고 카메라 없는 곳에서 거래했다.
그러니 증인도, 증거 영상도 없을 수밖에 없다.

그렇다고 마약 팔다 털렸는데 '범인을 잡아 주세요.'라고
경찰에게 부탁할 수 있는 것도 아니다.

"네가 알아서 메꿔."

"네?"

청천벽력 같은 소리가 들려오자 깡치는 정신이 혼미해졌다.

"제…… 제가 메꾸라고요?"

"그래. 네가 책임지고 팔기로 했으니 네가 메꿔야지."

"형님, 하지만 제가…… 진짜로 그런 게 아닌데……."

"증거도 없는데 어떻게 네놈 말을 믿어?"

"증거가 없어도……."

"그러니까 기회를 주는 거야. 네가 알아서 메꿔. 그러지
않으면 몸으로 메꾸게 될 테니까."

눈을 빛내면서 하는 백사의 말에, 깡치는 마치 뱀 앞에 있
는 생쥐처럼 몸이 얼어붙고 말았다.

⚖️

"가격이 너무 비싸요!"

"비싸면 사지 마, 이 거지 새끼야!"

깡치는 제대로 치료도 받지 못한 채로 다시 바깥으로 내몰렸다.

그런 그가 할 수 있는 것은 결국 정해져 있었다.

조직에서 나갈 수도 없고 조직의 명령을 거부할 수도 없다. 조직의 명령은 결국 약을 팔라는 것이고, 그 상황에서 그가 2천만 원이라는 돈을 갚기 위해서 할 수 있는 것은 약의 가격을 올리는 것뿐이었다.

그러나 그는 자신의 모습이 멀리 있는 차량에서 감춰진 카메라로 보이고 있다는 것을 모르고 있었다.

"역시나 가격을 올렸네요."

노형진은 히죽 웃으면서 말했다.

"백사가 사이코패스라면 남의 상황을 들어 줄 리 없지요."

당연히 자신의 손해에 대해서만 생각할 테니 그 책임을 깡치 같은 다른 사람들에게 뒤집어씌울 것이다.

"다른 녀석들도 찾았습니까?"

"다 찾았지, 후후."

한만우는 즐거운 미소를 보였다.

이건 전쟁이기는 하지만 전쟁이 아니다. 자신들이 걸릴 일도, 다칠 일도 없는 함정이었다.

"자네는 확실히 머리가 좋아."

"그러니 변호사를 하고 있지요."

노형진의 계획은 이랬다.

일단 그들의 움직임을 제한한다. 그러면 그들은 단속을 피하기 위해서 판매에 주의하게 될 것이다.

그때 마약중독자로 꾸민 사람들이 가서 그들을 습격해서 마약과 돈을 빼앗는다.

경찰이라면 못 할 일이지만 조폭이 그런 걸 못 할 리 없다.

전문 기술자까지 동원해서 마약중독자로 꾸며서 보냈으니 그들은 약을 사지 못한 녀석들이 털었을 거라 생각할 것이다.

하지만 백사가 그걸 이해해 줄 리 없으니 당연히 잃어버린 사람에게 책임을 물을 것이다.

당연히 그 녀석들은 피해를 복구하기 위해서 가격을 올린다.

그런데 그렇게 되면 돈이 없어서 다시 사지 못하는 사람이 생기고…….

"악순환이 되는 거죠."

"다른 조직이라고는 생각하지 않을까?"

"못 할 겁니다. 그러기 위해서 1차 작전을 한 거니까요."

다짜고짜 털어 갔다면 다른 조직이라는 의심이 100% 나온다.

그러나 1차 작전 때문에 실제로 판매를 조심해서 하기 시작했고 못 구한 녀석들이 다급해지기 시작했으니, 그들은 다른 조직을 의심하기 힘들어진다.

"그래서 제가 화장까지 시킨 거 아닙니까?"

"화장이 아니라 분장 수준이던데."

"그렇지요?"

누가 봐도 마약에 찌들어서 혼이 나간 듯한 표정의 조폭을 경쟁 조직의 사람이라고는 누구도 생각하지 못할 것이다.

화장을 하기 전에는 멀쩡하던 애들이 화장을 하고 나니 순식간에 얼굴이 찌든 약쟁이로 돌변해 버렸다.

"하지만 숫자가 많아지면 알지 않을까?"

듣고 있던 손채림은 걱정스럽게 말했다.

습격이 여기저기서 벌어지기 시작하면 의심할지도 모른다.

"그럴지도 모르지. 하지만 그것보다는 가격이 올라서 자연스럽게 습격이 늘어날 거라고 보는데?"

"응?"

"내가 왜 약쟁이들한테 소문을 내는데."

"아아."

약쟁이를 털어서 약을 구했다는 소문을 내면 다른 작자들도 비슷한 방식으로 구하려고 할 것이다. 그때마다 저들의 빚은 기하급수적으로 늘어날 것이다.

"설사 의심한다고 해도 사방에서 털리는데 어쩔 거야?"

"조직원을 배치해서 지키는 거 아니야?"

"그런 건 숫자로 이길 수 있어. 그리고 그렇게 되면 그걸 지키러 간 놈도 책임지게 될걸."

한 명당 네다섯 명씩 붙어서 지켜 줄 수는 없으니 두 명 정도가 한계일 것이다.

그들을 마약쟁이 여럿이 기습해서 털어 버리면, 백사의 성격상 약을 잃어버린 판매책뿐만 아니라 그를 지키던 조직원에게도 책임을 물을 건 뻔한 일.

"그렇게 빚이 늘어나면 어떻게 할까?"

"도망갈 테지."

한만우가 간단하게 정리했다.

"죽기는 싫을 테니까."

백사는 착한 놈이 아니다. 필요하다면 장기를 내다 팔아서라도 그 돈을 메꾸려고 할 것이다.

당연히 부하들은 도망가기 시작할 것이고, 그렇게 되면 백사의 세력이 무너지는 것은 순식간이다.

"그때는 확실하게 감옥에 넣어 버릴 수 있겠지."

그때는 넣어 버린다고 해도 그의 명령을 받을 사람이 남아 있지 않으니 당연히 그는 그저 이빨 빠진 호랑이가 될 뿐이다.

"그런데 그건 너무 오래 걸리는 거 아니야?"

"응?"

"그렇잖아. 다 털어 봐야 고작 몇십 그램 빼앗는 건데."

"무게가 아니라 가격이 문제야. 더군다나 저 녀석들은 얼마 전에 의뢰인 때문에 엄청난 양의 마약을 잃어버렸잖아."

"그래서?"

"저들이 어디서 돈을 구했는지 모르지만, 한계라는 게 있다고."

마약을 공급한 작자들이 누구인지는 모르지만 그들이 공짜로 줄 리는 없다. 당연히 그들이 손실한 만큼 마약을 다시 사는 것은 쉬운 게 아니다.

　　"얼마 전에 마약이 밀수되다가 걸렸지. 4킬로그램이라고 했는데 그때 가격이 130억이었어. 이해가 돼?"

　　"응? 130억?"

　　"그래."

　　"잠깐만…… 4킬로그램이 130억이면……."

　　그러면 1킬로그램에 대략 32억에서 33억 사이라는 소리다. 그런데 지난번에 잃어버린 게 200그램이니…….

　　"7억?"

　　"그래."

　　산술적으로 계산하면 대략 7억 정도의 돈이 날아간 셈이다.

　　아무리 폭력 조직이라고 해도 돈이 썩어 문드러지는 게 아니니 어마어마한 타격이다.

　　"왜 신흥 조직이 마약이나 기타 위험한 행동을 하는 걸까?"

　　"그…… 글쎄?"

　　"기존에 있는 조직을 이길 수가 없으니까."

　　기존 조직은 자리가 잡혀 있다. 그러니 거기에 파고들기 위해서는 돈이 엄청나게 필요하다.

　　그리고 마약이면 그 돈을 충분히 벌 수 있다.

　　"하지만 이런 식으로 일이 틀어지면 엄청나게 곤란해지는 거지."

"아아."

그렇게 손해를 본 상황에서, 당연히 누군가에게 털려서 손해를 입힌 조직원을 봐줄 리 없다. 최악의 경우 그의 장기를 팔아서라도 복구하려고 할 것이다.

"결국 손해가 한도를 넘으면 조직원들이 선택할 수 있는 것은 하나뿐이지요."

바로 도주.

그렇게 된다면 남는 것은 결국 마약에 취한 작자들밖에 없게 된다. 그리고 그들을 처리하는 것은 어려운 것이 아니다.

"그러기 위해서는 열심히 털어야 합니다."

"참, 변호사답지 않은 말이군."

"이겨야 하니까요."

법을 지키다가 져서 의뢰인의 목숨을 잃느니 차라리 법을 어기는 한이 있어도 의뢰인의 목숨을 지키는 것이 노형진의 선택이었다.

"자, 그러면 다음번 사람을 털러 갈까요?"

아직 털 놈은 여기저기 많이 있었다.

다음 권으로 이어집니다

200평 초대형 24시 만화방

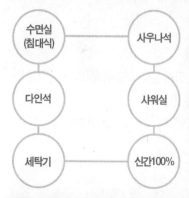

수면실
(침대식) — 사우나석

다인석 — 샤워실

세탁기 — 신간100%

📖 수원 인계동점

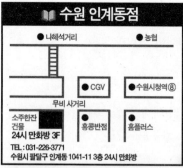

● 나혜석거리   ● 농협

● CGV   ● 수원시청역 ⑧

무비 사거리

소주한잔
건물
24시 만화방 3F

홍콩반점   홈플러스

TEL : 031-226-3771
수원시 팔달구 인계동 1041-11 3층 24시 만화방

📖 의정부점

의정부역 ④
⑤

흥선지하도

◀서울방향

진성약국

던킨도넛츠

24시 만화방
3F

TEL : 031-856-3971
경기도 의정부시 의정부동 197-13 3층

📖 주안점

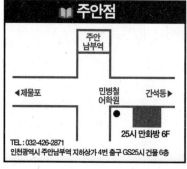

주안
남부역

◀제물포

민병철
어학원

간석동▶

25시 만화방 6F

TEL : 032-426-2871
인천광역시 주안남부역 지하상가 4번 출구 GS25시 건물 6층

📖 안양점

● 안양역

육
교

◀관악역

명학역▶

농협

24시 만화방
2F

안양일번가

TEL : 031-466-3771
경기도 안양시 안양동 674-163 조이당구장건물 2층

양강 현대 판타지 장편소설

하루가 두번

『전설이 되는 법』『역대급』 양강 신작!

테러 단체에 납치되어 광산 노예로 살아온 제이슨
그에겐 하루를 두 번 사는 능력이 있다!

세계의 비밀 '카이트'!

필사의 탈출로 새 인생을 살게 된 그는
자아를 가진 돌, 카이트의 힘마저 손에 넣고
손대는 사업마다 성공을 일구며 승승장구하지만
그 때문에 세계 권력자들과 부딪치게 되는데……!

내일도 오늘!
그에게 실패란 없다!

마운드의 제왕

정한담 스포츠 장편소설
ROK SPORTS FANTASY STORY

혜성처럼 나타난 야구계의 이단아
환상의 제구로 마운드에 우뚝 서다!

한국 야구계의 전설 최동훈의 피를 물려받았지만
야구선수로서의 능력은 제로였던 최성호

'패전 전문 투수', '물투수' 등
치욕적 별명만 얻은 채 입대를 하게 되고
야구에 대한 꿈을 접으려 할수록 미련은 강해져만 가는데……

그런 그의 눈앞에 나타난 건
어릴 적 받은 야구 카드의 주인공, 새철 트레벌?

더 이상 아버지의 이름을 더럽힐 수는 없다!
스승과의 하드 트레이닝을 통해
마운드의 제왕으로 거듭나라!